新　潮　文　庫

なるほどの対話

河合隼雄
吉本ばなな　著

新　潮　社　版

7764

目次

なるほどの対話

I

若者のこと、しがらみのこと、いまの日本のこと。

吉本　対談をするにあたって、実は何も準備してきていないんです。はじめは、河合先生のご本を読んで、カウンセリングの現場のことなどをお尋ねしようと思ったのですが、でもそれでは結局中途半端《はんぱ》なことになるので、やめようと思って。やめてどうするかは考えていなかったのですが、でも、対談というものに慣れてしまっているから時間をもたせて字数を言うことはできるけれど、一冊の本にするのだったら嘘《うそ》をひとつも言わないで全身全霊でやってみようと。

河合　ぼくは全身全霊で嘘をつく方だから（笑）。

吉本　はい（笑）。ちょうどいいです！

河合　ちょうどいい感じですな。

子どもの頃

河合　まずは吉本さんの子どもの頃のことなどをお訊《き》きしたいと思います。子ども時代の思い出はどんなものですか。小さい頃はどうでした？

吉本　そうですね、いちばんはじめの記憶というのがけっこうはやくて、三歳くらいのときのもので、ものすごくよく覚えているんです。近所の家の門のところで父と一緒に奥の方にいる放し飼いのアヒルを呼んでいるんです。

河合　へえー。三歳くらいというのは珍しいですね。

吉本　よっぽどアヒルがもの珍しかったのですね。

河合　その次は、どのくらいになりますか？

吉本　……幼稚園くらいでしょうか、そこからはものすごくワイルドな下町の子どもたちって感じでした。東京の下町、文京区の千駄木《せんだぎ》というところで育ったのですが、本当にワイルドだったんです。竹馬に乗ったりして（笑）。竹馬でどこへでも行っていたのですが、そんなことって珍しいと思うんですよね。いまとなったら貴重だなあと。最終的には、自分の背より高い竹馬に到達しました（笑）。みんなで忍者みたいに人の家の屋根から屋根にドーンって飛んだり。でも親が、付近の親全員がよく止めなかったなと思って。ときどき、あれは夢だったのでは、と思うのですが、でも夢じゃないんです。

河合　それはよかったですね。

吉本　はい、すごくよかった。東京にいるのに、まるで山のなかで育っているような感じで。

河合　お父さんお母さんは、そういうのにあまり……。

吉本　大勢で遊んでるからいいか、と思っていたんだと思います。

河合　我々の子ども時代と一緒ですね。子どもは子どもの世界を持っていて、親はぜんぜん関係しない。ガキ大将なんていうのがいたでしょ。

吉本　いました、いました。

河合　（笑）

吉本　自転車に、ほんとにワイルドに乗ったり。空き家に侵入したり、空き地をこんなに掘り返したり。

河合　いやあ、さっきからワイルドという言葉がよく出てくるけど、いまの子どもたちにいちばん足りないのが「ワイルド」。もう、ワイルドさがこんなになくなったのかと、本当に残念に思いますね。

吉本　私の人生を振り返ってみると、たぶん十回は、死ぬかもしれないというようなことがあったと思います。姉と私が普通に遊んでいる世界でも、いつ死んでもおかしくないなという、ヒヤリとするような遊びがありました。

河合　いまの子どもたちはその点、本当にかわいそうですね。田舎に行ったからといって、ワイルドなわけではないんですよ。

吉本　そうでしょうね。傷のある手を泥のなかに突っ込むとか、いまはあまりやらないですものね。

河合　考えられないでしょ。

吉本　それはずいぶん違うな、と思います。「全《すべ》てよかったか」と言われると、よくなかったとも思うのですが、でもいま何かを決心するときに、屋根から隣の屋根に飛ぶときの気持ちを思い出しますね。「『バランスを崩したらどうしよう』なんて考えている場合じゃない」というあの気持ち。そして慣れというのもあって、怖さが減っていくときの感じ。そういうときに事故が起こったり、そういう感じとか。

河合 勉強の方はどうだったんですか?

吉本 勉強、けっこうできたんですよ。放っておいてもできるから、「なんて自分は頭がいいんだろう」って(笑)。でも、小学校四年生くらいからガクッと落ちて、そのままいまに至ります。

河合 ガクンと落ちたときはどうでした?

吉本 「ああ、やっぱり放っておいたらできなくなるんだ」と思いました。

河合 お父さんお母さんはどうでした?

吉本 ガックリきてました(笑)。本当は、私立かどこかのお嬢様学校に入れて、そのままエスカレーター式で大学まで行ってほしかったようですが。

河合 そのとき、努力して勉強の点を上げようとか、そっちの方には行かなかったんですか?

吉本 ぜんぜん思いつきもしませんでした。

河合 (笑)そうですか。

吉本 その頃から作家になろうと思っていたので、だから、「数学なんて、やってどうする」と思っていました。そうしたら、そのままいまに至って、やらなくてもよかったから、「よかった」と。

河合　その頃から作家になるということを考えていたのですか？

吉本　はい。

河合　それは、お父さんの影響ですか？

吉本　いや、父は関係ないと思います。とにかく、物心ついたときに姉はものすごく絵がうまかったので、「漫画家になる」って言っていたんですね。「お姉ちゃんが漫画家なら、私は作家だな」って。なぜナチュラルにそう思ったのかはわからないのですが、本当になんの疑問もなく。

河合　はぁー、そうですか。で、そのとき、もう物語を書いたりしていましたか？

吉本　最初に書いたのは、小学校三年生くらいです。

河合　ほお、はやいね。誰かに見せました？

吉本　そのときは、仲のいい友だちに見せました。怖い話だったので、「怖い怖い」と言われたのを覚えています。どうも、その頃から怖い話が好きだったらしく、深刻な怖い話だったんです。

河合　幽霊とかが出てくるんですか？

吉本　幽霊というか、どちらかというとサスペンス。行方不明になったとか。……あ、でも幽霊もちょっと出てきたかもしれません。いまと作風があまり変わらないですね（笑）。

河合 思春期の頃はどうでした？

吉本 中学校くらいまでものすごくワイルドな下町の世界にいて、姉もワイルドだったし、すごく自由な感じというか、中学三年までは、とにかく何もつまらないものがないというくらい楽しかったんです。けれど、高校というところが、また一段階違う世界で、高校には最後までなじめなかった。高校という制度に。そこそこ大人なのに、好きなことができるわけでもなく、中途半端《はんぱ》な自立というか、そういうのがどうしても納得できず、うまく自分のなかでなじめなくて。高校のときは本当に暗かったです。寝てばっかりいました。自分でも「よくあれだけ寝られたな」と思うほどです。

河合 どの程度、寝ました？

吉本 それはそれは、すごいですよ。学校に行っても、ずーっとずーっと寝てるんです。作家になってから高校のときの先生が「高校のときの吉本さんはどうでした？」って訊かれて、「吉本さんのことで覚えているのはココ（頭頂部）だけだ」って（笑）。あれだけの眠気がどこから来たのか、ちょっとわからないです。

河合 学校に行かない子で、むっちゃくちゃ眠る子がいます。ナルコレプシーという睡眠疾患の病気があるんだけど、それと間違われるんですよ。誤診されるわけです。歴史の時間から寝ていて、次の時間の先生が来て、「おまえ、いつから寝てたぁ」と言われて、「いや、あの、鎌倉時代からです」言うて笑われたやつがいる（笑）。もう、むっちゃくちゃ寝てるんですよ。そういう子でも、我々が会ってゆっくり話をすると、だんだん変わってくるのですが、一時は病気と間違われていました。それ、よくわかります。それでも朝寝て、昼寝て、晩寝られるでしょ。

吉本　そうなんです。学校から帰る間はかろうじて起きていて、帰ったらまた寝ちゃうんですよね。で、ご飯食べてまた寝て、夜また寝るんです。

河合　それはどのくらい続きました？

吉本　高校三年間、きっちり。

河合　まさに三年寝太郎やね。ぼくは「三年寝太郎」という話が大好きなんですよ。日本の昔話なんですけど、ご存じですか？

吉本　はい、気が楽になるというか。

河合　ぼくはあの話よくするんですよ。三年寝たあとで頑張ったやつがいるんだから、なんにも心配することはないと。

吉本　私も、いまとなってはそう思います。

河合　本当に三年寝た子が、また頑張って行くようになって、「どうでした？」と訊いたら、「もうじゅうぶん寝ましたから今後は寝ることはないと思います」言うてね（笑）。吉本さんはその後どうでしたか？

吉本　わりと引き続き寝てます（笑）。

河合　やっぱり創作する人は寝ないとダメなんでしょうね。

吉本　どうなんでしょうか。でも、かつてほどではないですけどね。

河合　外界で起こっていることが、吉本さんの内界で起こっていることとまったく違うから、それはおそらく、拒絶するより仕方なかったんでしょう。

吉本　そうですね。

河合　ぼくはよく「さなぎの時代」と言うんだけれど、まさにそれですね。なかではすごく変わっているわけだけど。そのときに、暴走族とかになって、むっちゃくちゃ暴れる子がいます。そういうのも同じことなんです。なぜ自分が暴れたかわからないし、「あとから考えたら、なんであんなことやっていたんだろう」と。しかしまあ、そのくらい寝られる人というのも、なかなか珍しい。

吉本　記憶がないのも怖いですよね。

河合　暴走族やった子でも、忘れてる子が多いですよ。

吉本　そういうのわかります。すっごくわかります。

河合　万引きなんかいっぱいしておいてね、「自分の中学時代はわりと平穏でした」なんてね（笑）。それで人に言われてびっくりするような人いますよ。それは、なんというか、普通の記憶に残るような世界と違うことが起こっているんです。

吉本　そうかもしれませんね。

河合　お父さんお母さんは、心配しながらも、よく耐えられましたね。そこでヘタにお医者さんに診てもらったりすると、いいお医者さんならいいんだけど、ナルコレプシーなんて言われちゃったらたいへんなことになる。

吉本　そういう意味では、よく放っておいてくれたなと思います。

河合　しかし、いまの話を聞いたら安心する人が多いんじゃないかな。思春期というのは、本当にわからないのでね。ただ、そこを守られてるか守られていないかの差ですね。そこで変に心配されて介入されたりしたら、さなぎの殻を潰《つぶ》されるようなものですから。

吉本　「眠い」のを自分の意志でコントロールできないような感じでしたから。あれを「起きていろ」と言われたら、本当にきつかったと思います。

河合　無理に起きていたらたいへんだったと思いますよ。大学に入ってからは、眠気は覚めてくるんですか？

吉本　そうなんです。大学で、ものすごく刺激的な友だちに会って。私はその人を「人生の師匠」だと思っているのですが、大学生なのに自分で商売をやって、大学も何回か入り直してっていう、ものすごいアクティブな人がいて。その人のあり方は、まるでグレー一色のなかに色があるような、そんな印象でした。ああ、こんな生き方もあるんだって、パッと目が覚めた感じでした。その「摑《つか》み」みたいなものを、自分でもすごいと思うんですけれど。

河合　しかし、パッと摑もうと思ったら、長く寝てないとダメです。ずっと目が覚めている人で摑める人は少ないですよ。ずっと寝てる人は勘が冴《さ》えてくるから。

吉本　眠ることでリセットされることって素晴らしいと思うし、それはすごく深いところへ旅をしていることでもあるから。私は、本当に困って困って、「どうしよう」ということがあったら、寝る前に「どうしよう？」って本気で自分に訊《き》いて眠ると、朝起きたとき、必ず答えが出ているんです。夢に出たり、言葉が浮かんだり。

河合　考えて答えを出そうというのは、あかんのですよ。

吉本　それがもう、どうしようもなくなった最後のときに……。

河合　眠るんです。

吉本　そういうことを言う人がけっこう多いから、やっぱり眠りには再生の力があるんだと思う。

河合　それが、若いときにはそういうことがわからないでしょ。ぼくだったら、たとえば、原稿を書かないかん状況だとする。書かないかんけど、書けない。書かないかんと思って半分徹夜みたいなことをして、結局何も書けない。そういうとき、パッと寝たらいいんです。で、起きたら書けるんです。それがだんだん上手になって、ぼくはもう、いざとなったら、いつも寝てます。

吉本　いざとなったら、いつも寝る！（笑）。

河合　原稿を書いているとしますね。で、眠くなったらバアッとひっくり返って眠るんです。で、また起きて、また続きを書く。一〇分眠ったり一五分眠ったりして。ところが、必死になってやったら、一時間起きていてもぜんぜんはかどらない。ぼくの仕事場は畳の部屋なんですね、畳で座り机。で、後ろに枕《まくら》が置いてあるんです。

吉本　それは機能的ですね。

河合　昔は、そこに広辞苑《こうじえん》が置いてあったんです。それを枕がわりにして（笑）。そしたら岩波が広辞苑の第四版を出すときに、「宣伝文を書いてくれ」と言ってきた。うちの子どもが喜んで、「お父さん、『毎日愛用してる』って書けばいいよ。でも、第四版は少し薄くしてください」（笑）。

吉本　「首の高さに合わせてください。ちょっと厚すぎるから」（笑）。

河合　それを子どもはよく知ってるから、還暦のときに、真っ赤な枕を贈ってくれたんです。ちゃんちゃんこじゃなくて、枕です。昔、大学で団交というやつがあって、教授会を徹夜でするんですよ。何もできない状態で徹夜になって、ぼくはもう、こうやって（頭を後ろに倒して）三時間ほど寝てたんです（笑）。

吉本　三時間といったら、けっこう長いですよ。もう徹夜じゃない（笑）。

河合　「失礼ですが、私は三時間ぐらい寝てたような気がしたんですが、話題が同じですから寝てなかったんでしょう」って言ったら……。

吉本　うわあ、痛烈。

河合　そしたら、みんなウワーッて笑った。寝た方が賢いんですよ。ぼくは、仕事のために徹夜したということはないです。若い頃、徹夜のアルバイトはしたことがあるけれど。徹夜で夜警をすると五十円もらえたんです。その五十円で、はじめて「カルメン」を聴いて、感激して。大学へ行く前のことです。そんなことはしたけれど、原稿書きといったことで、徹夜をしたことはいっぺんもないですね。

家族のなかで

河合　ばななさんのお父さんは、思想家の吉本隆明さんなわけですが、普段は自宅で執筆をされていたのですよね。ばななさんは、個性の強い家族のなかで育ったと聞きましたが、家族とはどうだったんですか？

吉本　みんな難しい人たちで、それぞれにそれぞれが違った難しさだから、小さいときはすごく苦しみました。たとえば、まわりの普通の友だちの家族と比べてうちの場合、何かを「なあなあ」にしておくとか、うっちゃっておくというのがぜんぜんなかったんです。そこがずいぶん苦しかった。

河合　やっぱり、みんな個性があるからぶつかるわけでしょ。

吉本　あの人たちを同じ檻《おり》に入れておくのは無理だと、いまでも思ってます（笑）。いまはまあ、さすがにみんな歳《とし》をとってうまくいくようになりましたが、その頃はみんな若くてエネルギーに溢《あふ》れていますから、きょうだいげんかもすごいし、親子げんかも激しいし。

河合　それは、そうですね。「ぶつかる」というのは「勉強しなさい」といったことではなくて、個性がボーンとあたるわけでしょ。

吉本　いま思うと、内容はなかったんだと思います、もめごとに。ただ、強いものを同じ檻に入れておいたらバーンと爆発したというだけで、それぞれのけんかの内容にあまり意味はなかったと思います。

河合　もう少し具体的に、どうぶつかって、どう解決したのか、聞かせてもらえますか？

吉本　すっごく、くだらないことなんです。たとえば、お父さんは、「雨戸を閉めて寝なさい」と言うんですが、私は朝起きて部屋が暗いのが嫌いだったので、「雨戸なんて閉めなくていいじゃん」と閉めないでいると、お父さんがすごく怒るのですが、その怒り方が理屈っぽいというか、「雨戸を閉めることもできなくて、他の何ができようぞ」みたいなことを言うんです。母は、「雨戸くらいどうでもいい、そんなことでゴチャゴチャ言うあなたが悪い」みたいな感じで父とぶつかる。姉は、「そんなの閉めておけばいいんだから、閉めりゃいいじゃん」と言って。「それくらいのことなんだから円満に、それぞれが好きにすればいいじゃないか」とはならないんです。そこでお互いの生き方とか、「窓から光が入ってこないと起きられないのよ」みたいな話から、その程度のことで、すごく深い、宇宙とか人生に話が進んでいく。しかも、そこまでいくと誰も引っ込みがつかなくなっちゃうんですね。いまなら「じゃ、閉めまーす」と言えるんだけど、子どもって意地っ張りだから、シクシク泣いたりして。

河合　うふふ。それで結局どうなるんですか？

吉本　結局、雨戸を閉めて、一か月くらいすると、また閉めなくなる、それでまたぶつかり合う、というのを繰り返しているうちに家を出てしまったので、雨戸問題は解決となりました。

河合　家出したいと思ったことはありましたか？

吉本　ありました、ありました。一週間とか二週間とか、友だちの家を転々として。自分のなかで何かがうまくいかなくて、誰々さんの家に行って、事後承諾で電話をかけて二日も三日も帰らない、そういうことはよくありました。気晴らしというか、休養って感じです。

河合　そうでしょうね。それだけ強烈な人がいると、たまには出ていかないと（笑）。

吉本　子ども心にも、そんなに悪い家庭じゃないというのはわかっていたけれど、ちょっとたまらないから距離を置きたいという気持ちは、とても大切にしてきました。

河合　やっぱりしかし、自分を大事にするという点では四人とも同じですよね。

吉本　雨戸なんてどうでもいいじゃないですか、閉めたって開けたって。風邪ひいたらおまえが悪いんだって言えばいいんだけど。お父さんは雨戸に特別なこだわりがあったみたいで（笑）。

河合　ぼくはそれも大事だと思います。馬鹿《ばか》げてるようでも、「これは許さん」というのがその家にないというのは絶対におかしいですから。

吉本　理屈じゃないということですね。

河合　ええ。理屈じゃない「筋」があるから、子どももファイトを出していろいろやるけれど、「何もなしで自由がよろしい」なんて、そんな馬鹿げたことはないですよ。そうすると、何が自由かがわからなくなる。筋が通っているから自由がわかるし、家も出てみないとダメだし（笑）。

吉本　そっと見守っていてくれて、さらに、そういうちっちゃい人間的なこだわりみたいなものがなかったら、すごく嘘《うそ》っぽくて気持ち悪い感じだったと思います。

河合　寝てても黙っている、雨戸を開けても黙っている、それではダメなんですよ。高等学校で三年寝ていても黙ってるけど、「雨戸閉めなかったら殺すぞ」ぐらいのファイトがなかったらダメなんです。

吉本　中学生くらいのとき、「あんな難しい本を書いているのに、雨戸にこんなにこだわるなんて、なんていうお父さんだろう」と思いました。

河合　いや、そやから難しい本が書けるんですよ。

吉本　そうですね。いまはわかります。

河合　いやあ、聞けば聞くほどいいですよ。感心しますね。雨戸の教え以外に教えられたことってありますか？

吉本　お父さんはいつも家にいる、というのがまず私のいちばんはじめの印象で、それは自分にとっての自由業というものを組み立てていくうえで、とても参考になりました。ずっと家にいる人の時間の割り振りというのは、なかなか勉強できませんから。他の家はお父さんが出かけていって帰ってきて、それが一日のメリハリになる。ずっと家にいるということは、それだけぶつかり合うことも多くなるということだから。

河合　ものを書かれるときはどうですか？

吉本　わりと自然でした。「書いてるんだから黙っていてくれ」とか、そういうことは一回も言わなかった。子どもだから、書いている部屋にガラッと入っていって、「お腹《なか》がすいた」とか「百円ちょうだい」と言っても、「お父さんはいま、おまえたちを養うために仕事しているんだ」などとは一度も言われなかった。それも、いま思うとものすごいことだと、ときどき本当に感動するんですけれど。

河合　ほぉー、そうですか。

吉本　一時期、母の喘息《ぜんそく》の容態が悪かった期間があったのですが、そのときは炊事もやっていました。

河合　なんかそれ聞いたら、わかる気がしますね。生きてることや生活していることが、書くことと渾然《こんぜん》一体となって。

吉本　ご飯炊《た》いて、ちょっと書いて、また何かつくって、書いて……。「おまえたち女なんだから手伝え」なんて言わなかった。

河合　それもたいしたものですね。

吉本　いちばん感謝しているのは、「女だから、こうだ」とか「女だから、こうしなさい」というようなことを一回も言われなかったことですね。それって、よその家《うち》ではあり得ないことなんだなと。そういう意味では、うちの両親は「こう育てよう」という志を貫いたんだと思います。

河合　本当ですね。

吉本　そういう、何かを決めて生きていくことの大切さというのは、すごく勉強になりました。何かを決めるということは、あれもこれもというのじゃないから。それは実際に生きていると、なかなかできないことだと思うんです。

河合　「これだけは持っている」ということは、ものをつくりだすというか、書く場合には絶対に必要ですね。別に炊事してもいいんだけど、絶対に崩せないものがあるわけでしょ。それは、父親としてはとても大事なことでしょうね。それが普通はちょっと見えないんでね。普通の家庭では。

吉本　ただ、ぶつかり合うときは、その分「ガーッ」と。

河合　本当にぶつかるときは向こうも強いし。

吉本　全員がずっと家にいるって、そういうことだと思うんです。

河合　線が通っているとか、信頼するとか、つまりなんとか扱い、女扱い子ども扱い……そういうのがないんでしょうね。ひとつの存在としてパンとぶつかると。その代わり、ぶつかり方も激しい。

吉本　そうですね。それは全部大人になってからわかったことで。子どもの頃は、子どもなんだからとか女なんだからというのがひとつもないというのは、きつすぎると思っていました。子どもでも大人みたいに理屈で叱《しか》いてくるし、他の女友だちみたいに「パパー！」とか甘えて、かわいい服とか買ってもらえないし（笑）。

河合　それは、ある面ではすごくきついですよね。厳しいといえば厳しい。他の同級生と比べると、いい面もあるけどきついこともある。

吉本　大きくなると、みんながきつい局面に立たされているとき、私は大丈夫だというのが、このくらいの歳になるとすごく際立《きわだ》ってきて。「やっぱりよかったんだ」って。

河合　そうですね。ちゃんと鍛えられているから。お父さんお母さんは、どれくらい意識していたんでしょうね。

吉本　二人が夫婦になった理由というのがおそらくあって、それに近い線がずっと貫かれているのだろうと感じます。

河合　吉本さんの作品には、子ども時代の感性というか、そのときに感じ取ったこと、一種の記憶でしょうね、そういうものが生きているように思います。

吉本　ものごとを保存する能力というか、自分なりに保存する能力というのはものすごく優れていると、自分の唯一《ゆいいつ》優れた点はそこだと思っています。何月何日どこでどうしたということではなくて、そのときの空の色とか、この気持ちと組み合わさったこの景色とか、そういうことに関しては、すごく小さい頃のことまで覚えているんです。

河合　いわゆるファクト、何月何日というのではなくて、むしろ身体《からだ》全体で感じたというものですね。

吉本　でも、それはひとえに、作家になろうと思っていたからだと思います。何か体験するとすぐに、「こう書こう」と思って。最近はさすがに「溜《た》め」ができるようになりましたけれど。ちっちゃいときって、それこそすぐに忘れちゃうから、「今日の夕方のこの感じをどう書こう」とばかり考えてました。

河合　そう言われれば作品のなかにありますね、そういうところが。私は、こんなことを思ってるんですよ。これもちょっと勝手な話なんだけど、「この夕焼け」とか「この息づかい」とか、それはちゃんと記憶され保存されるわけです。そういうのが、その人をつくっているのではないか、と。それは、歴史の何々を覚えました、というのとは違うんだけれど、むしろだからこそ、その人の人間全体に作用しているというか。子どもの頃にそういうものが保存されている人とそうでない人の違いを感じるんです。やっぱり子どものときの試練や、人間とどう接したか、そして何を食べたか。なかでも食べ物が大事だと、この頃すごく思いますね。

吉本　そうですね。理屈を超えた何か、力がありますよね。

河合　ねぇ、一緒に食べながらしゃべっているわけだから。で、いまはすぐに言葉で言えること、「歴史を知ってますか」、「地理を知ってますか」という格好になっていて、もうひとつ下の体験みたいなものがおろそかになっている。それで、勉強ばかりして、家族でご飯も食べていないという逆のことが起こっているでしょ。

吉本　私の作品の読者の人たちは、そういうことをとても大切にしているみたいで、類は友を呼び、会ってもそんなことばっかり言っています。「本当にきれいだったのよ」とか「本当においしかったのよ」と。

河合　それはやっぱり、自分を大事にしているということですね。自分の感覚というか、自分の摑《つか》んだものは譲れないというか。それをやっていくことが、個性をつくることだと思います。

吉本　それをどうやって現実社会と折り合わせていけるかが大切ですよね。

河合　そうです。この世と折り合いをつけなければいけませんから。

吉本　でないと楽しくないし、参加もできない。ある程度自分の方法ですることになるのでしょうけれど。何かアクションをするということを、ずいぶん考えてきたような気がします。

若者の感性

河合　吉本さんの作品、私もだいぶ読ませてもらっているのですが、十代、二十代の若い人が主人公のものが多いですね。それはやはり、同年代がわかりやすいということなんですか？

吉本　自分が経験したことしか書けないんですね。かつて五十歳くらいの主人公というのに何回かトライしたことがあるのですが、どこか嘘《うそ》っぽい文章になっちゃうんです。それだったら、深く狭く、わかることだけ書いていこうって決めたのがずいぶんはやかったんです。いまは三十五歳だから、メキメキ三十代のことが書けるようになってきているんですね（笑）。だから五十歳になったら、それ以下のことはみんな書けるようになるんじゃないかな、と。特に一人称だから、そこに嘘なことを書くと、そこだけ浮いちゃうんです。

河合　なるほど。それはよくわかります。読者もそういう年齢の人が多いんでしょうか？

吉本　はい、私と同じくらいから、下は十三歳とか、たまに十歳の人などからもファンレターを頂きます。

河合　どうですか、十代の方のファンレターは。

吉本　十代の人たちは、感性だけで手紙を書いていて……、しかもその感性がものすごく鋭いような。手紙を読んでいる限りでは、昔の十代よりも感性というか、勘みたいなものが強い気がしますね。

河合　それは面白いですね。

吉本　それこそ、その子たちには嘘を書くとわかっちゃうんです。大人はごまかせるけれど、子どもたちには絶対にわかっちゃう。

河合　ぼくもそういう意味では、思春期の人に会うのが好きなんですよ。絶対に嘘がつけない。ものすごく鋭いですからね。

吉本　ちょっとでも思ってもいないことを言うと、嘘だと見破られちゃうんです。

河合　だから、本当の真剣勝負になる。それがわからない人が多いんじゃないですかね。「子どもだ」と思うでしょ。

吉本　若い人たちは、こんな若いのによくそんなことわかるなというような、深い、生きる、死ぬなどという話が多いんです。みんな真面目《まじめ》だと思います。もう、手紙なんて感動しますよ。こんなに若いのに人生に対する深い関心を「よくぞ」って。しかも文章もうまいし、絵もうまい。みんな絵が入っているんです。実感として、その人たちの感性の豊かさというか、平和ななかで感性を磨いてきた子どもたちの力というか、そういうものをすごく感じます。

河合　「感性」を磨くということは教育の世界でもよく言われます。それは、磨くべきであるし、磨けるものであると思っているんですね。ところが面白いのは、「感性」という言葉をマイナスの意味に使う人がいるんですよ。「いまどきの若者は感性だけで動いている」と。「好き！　嫌い！」で動いてるからダメだ、とね。そこでは、「論理的、理性的に思考できない」という意味で使われているわけです。

吉本　でも、大勢でいるとあまりのうるささに、「感性だけで動くな」って思います（笑）。彼らがいまいちばんかわいそうだなと思うのは、若いときはそういう感性やエネルギーがいっぱいあるけれど、それをどうしたらいいのかがわからないまま、だんだん大人になってエネルギーが減っていって、他のものが増えてくる。その過程で若い人は別の世代、たとえばおじいちゃんやおばあちゃんや近所のおばちゃんや、年上の他人でもなんでも、持っているものを交換するといいと思うんです。エネルギーを若い人が与えて、上の世代が知恵を与えてって。でもいまはお互いに交換できる場っていうのが日本にはあんまりない。それが気の毒で。

河合　本当は、意見交換しないと面白くないわけですよ。いま若い人たちは、いったいどのように誰とつながるのかが、すごく難しい時代なんじゃないですか。

吉本　若い人たちだけで固まってますよね。そうするとたぶん広がっていかないんだろうなと思う。

河合　せっかくの鋭い感性が、ものすごく形になりにくいんですよ、いまの時代は。

吉本　そうなんです。それで、誰も「こうしなさい」って言ってあげられない。大人でさえも困ってますから、いま。核家族だし。私など、深刻さにかけては右に出るものはいないというぐらい深刻なはずなのに、いまの若い人はもっと深刻ですね、実際に話をすると。将来を憂《うれ》えてるし、不安もすごく持っている。「そんなに素直じゃダメだよ」というぐらい素直だし、「そんなに深刻でどうする」というぐらい深刻で。でも、これがいまの時代。本当に深刻な時代なんだなと思う。

河合　大人が若い者の、いま言ったような実状をもっと知るべきでしょうね。大人はちょっと安閑として、「我々は一生懸命やってきたけど、いまの若い人たちはいい加減にやっている」と、単純に思っているわけでしょ。実際はそうじゃない。

吉本　彼らが混乱しているのは社会のせいで、子どもたちのせいじゃないと思います。

もし私が、いまの時代に中学生、高校生だったら、ああいうふうに考えるのは無理もないって、なんとなく気持ちがわかるので。すごい髪の毛にしたり、こんな厚いサンダルを履いたりでもしないとやってられないよって。

河合　聞いた話にこういうのがあります。いま、スクール・カウンセラーという人がいますね。あるカウンセラーが地方の学校へ行ったらば、そこに茶髪でピアスの「おたずね者」がいた。

吉本　おたずね者とまで言う（笑）。

河合　中学校なんですけどね。その「おたずね者」は無理やりカウンセラーのところに連れてこられたわけです。で、話をしているうちにその子はわかったんでしょうね、パッと正面を向いて、「先生はなんのために生きてるんですか」と訊《き》くわけです。カウンセラーはたじたじとしてね。すぐには答えられないでしょ。「うーん、それはすごく大事なことだと思う。自分も一生懸命考えてるんだけど、あなたにいますぐ言葉で伝えられるほど、まだわかってはいない」と、こう言った。そしたらその子は「私はそのことが話したいんだ」と。ところが自分の同級生は、誰もそのことについて話をしないと言うんです。彼らはアイドルの話とかしてるわけでしょ。「それができるんだったら、ここに来る」ということになって、そのカウンセラーのところにしゃべりに来るようになった。そのときに、「みんなはアイドルの話とか受験の話とかしてるけど、自分は違う。違うことを明らかにするために髪の毛の色を変えているんだ」と言うたそうです。すごいですね。そんなもん、わかってくればいいけれど、親も先生も、ぜんぜんわからないわけですから。親は「うちの子は変な子だ」と思っているわけでしょ。ところがその子は、人生に真っ直《ます》ぐに向き合っている。そういう年齢の子たちからもファンレターが来るわけですよね。

吉本　でも、そういう子たちは、「親とは口をききません」とか、「誰もわかってくれません」とか、「いま病院に入院していて、そこで書いています」と書いてくる。みんなたいへんなんだな、と肌身で感じています。

河合　もうちょっとそういう人たちとつながるような、風穴をあける方策を教育界全体で考えるべきですね。

吉本　何か間《あいだ》が抜けているような感覚というか、間ってどの世代のことなのか自分でもちょっとわからないのですが、スコーンと抜けているような感じがします。それが河合先生の世代を意味しているのか、親の世代って言いたいのか、自分でもよくわからないのですが、手紙を読んでいると、「この子たち、何か間《あいだ》が抜けているな」と感じるのです。それと、自分たちが完成型を求められていると思っているから、

「ちょっとノイローゼ気味で入院しちゃった」とか、「学校に行かなくなってもう二年です」となると、「私はもうダメな人間だと思われています」などと自分で書いてしまう。それが、とてもかわいそうで。

河合　そうそう、すごく残念ですね。そんなの「三年寝太郎」じゃないけど、三年ぐらい平気なんですけどね（笑）。

吉本　子どものときって、時間がものすごく伸び縮みするから、いやなことがあったら、ひと晩でも五年分くらい消耗しちゃうし、元気になるといままでの暗い気持ちをすっかり忘れてしまえる。その気持ちはいまでもなんとなく思い出すことができます。

河合　そういうところがフッと落ち込んでるというか、外れている子たちというのは、決してダメでも問違いでもなんでもなくて、そこからちゃんと帰ってこられるっていうことを、あるいは帰ってくる道はあるということを知らせるべきだし、間に立つ人がもっといるべきですね。

吉本　一人の人間のなかにはいろいろな面があるから、ある一か所で助けられなくても、他の場所で助けられるかもしれないし。たとえば、私に手紙を書いてくるような子たちでも、手紙同士だとすごくお互い助け合えても、道でガンってぶつかって

「ふざけんなよ！」って言われたら、「何言ってんだよ」ってけんかになるかもしれない。でも両方ともその子だから、できるところだけ適度に補い合うといったことも含めて、いきなり全部をどうこうしようと思わないのが大事。自分のできることをするということが。

河合　それを具体化するにあたっては、ぼくらにも考えなければならない責任があるんですけどね。なかなかいまのところ、うまく考えられていませんけれど。

吉本　でも、頭ごなしに言うような人があと十五人くらいいたらいいと思う。十五人ってなんだかよくわからないですけど（笑）。「本読め！」とか「雨戸閉めろ！」とか、何かそういうふうに。「深刻すぎる！」とか。

河合　そうですね、みんなが理解しているふりをしてるからね。本当に理解があるんやったらまだいいけど、「ふり」をしているから、頭ごなしによう言わんのですよ。訳知り顔で言われると反発のしようもないし、何も言いようがないんです。頭ごなしに言われれば、子どもは絶対反発できますからね。それがわかりにくいというか……。しかし、十五人くらいということですが、あんまり多くなったらいけませんよ（笑）。

吉本　あまり多いと、雰囲気が、こう……（笑）。

河合　昔はすべての人が頭ごなしだったから。

吉本　それがいやだと思った世代が、いま一生懸命ああやって……。

河合　そうそう、みんなやめすぎてるんですね。

吉本　その代わり、妙に柔らかくなった気がします。

河合　吉本さんの作品を読んで、手紙を書いてくる人が多いということですが、そういう人たちに対して何かメッセージというか、言ってあげたいことはありますか？

吉本　私自身も彼らと同じように、いま何かを探しているところなので……、そういうことがいいのかもしれないですが。

その子たちには特徴があるような気がしています。すごくみんな素直で、打たれ弱いっていうのかな、ちょっと「ピシッ」と言うと「ピューッ」と引いていっちゃうところがある。世の中に対する皮膚が薄いような感じがするんですよね。

河合　それ、いい表現ですね。

吉本　私などは歳《とし》いって分厚くなってるから、いいのですが。皮膚の薄さがあって、そこに感性の世界というのもあって、ふわふわ浮いてるような。もっと身体《からだ》の反応みたいなものに敏感になって、ちょっとだけ免疫《めんえき》をつけて丈夫になった方がいいのではと思います。

河合　おっしゃるように、強くなければダメ。ダメなんだけれど、いわゆる「強い人」というのは感受性がないでしょ。そこを間違わないように。いろいろ感じ取りながら、別に傷ついたって構わないんだけれど、傷ついたままで戦うというか、これが必要なわけですよね、次のステップが。それは、吉本さんの言われた「いかに折り合いをつけるか」という言い方をしてもいい。感性を自分のなかにグッと持ってくるというか。

吉本　そういう感じがあると、もっと楽になれるんじゃないかと思います。それと、もう少し肉体的な感覚を磨くというか、寒かったらこう感じるとか、そういうことに敏感になると、たぶんそういうふうに変わっていくと思うんです。

河合　いまは身体的な感覚から少しずれたところにあるので、自分のものになりにくいんですね。

吉本　ケガしたら痛いよーとか、治っても三日は動きにくいよ、とか、そういうの。

河合　そうそう。あと、「怖い」っていうのあったでしょ。

吉本　はい。本当に死ぬかと思ったこと、何回もありました。

河合　いまそれが、なさすぎるんですよ。

吉本　彼らはむしろ、そういうものを求めて、そうしたいと思っている感じすらしますね。怖いという気持ちになりたい、それでもいいから生きている感じがほしいっていうのが、若い人たちの正直な気持ちだと思います。でも実際には何もかもがおっかなびっくりで、やけくそっていう感じ。

真剣かつ深刻

吉本　いま、小説を読んでくれる人たちの世代が、また一段階下がってきているんです、十九、八、七と。それは小説を書いていくうえで、けっこう難しい。

河合　へえー、そうですか。

吉本　その子たちは、ものすごく真面目《まじめ》で、心がきれいで、深刻なんです。もう、すっごい真面目で、むき出しで、もろいんです。それが本当に、ハートが痛いような感じなんです。

河合　そういう人たちが現にたくさんいるんだけど、そういうのがほとんどジャーナリズムには出てこなくって、ちょっと何か事件があったら、すぐ「いまの子どもたちがわからない」とか、「いまの子どもたちは、みんな難しい」とか言いだすでしよ。ああいうのは本当に困るし、腹が立って仕方がないんですよ。

吉本　そういう人たちだって人間だから、順番を追ってそうなっちゃったわけですよね。まあ、本当にちっちゃな頃、三歳くらいから犬やうさぎを殺したりしてきたような子たちは、またちょっと別としても。

河合　大人の社会を見ていればわかるけど、なかに一人か二人は途方もない人はいるわけですよ。それはどこの国に行ったって、どの年齢だっているんです。そのへんも、よう考えないかん。

吉本　日本はまだ、そういう人を座敷牢《ろう》のようなところに入れて、ごまかしている。

河合　そうそう。日本は全体的圧力がすごく強いから、あんまりとっぱずれなかった代わりに、才能を潰《つぶ》された人の数はすごく多いだろうと思います。そういう犠牲の上に成り立っているわけですよ。

吉本　ああ、平均的に。

河合　そんなもんを全部考えだすと、なかなか難しい問題で。

吉本　社会は難しい。で、その深刻な子たちを、どうしてあげようとは思わないんだけれど、「裏切りたくない」という気持ちは、すごく強いんです。でも、それには、ものすごいエネルギーがいる。小説で何かしていくのには。

河合　それはエネルギーがいりますよ。あれは、普通のエネルギーとぜんぜん違いますからね。出る層が違うから。また実際にその子たちも、何かが溜《た》まっている状態になったときは、すっごい力を出す。高校生の女の子でも、ピアノぐらいゴーッて動かしてしまうからね。ちょっと普通のエネルギーと違いますよ。

吉本　それが何か、ぐっと鬱積《うっせき》しちゃって。

河合　「やる」って言ったときは誰も止められないぐらいだから。こっちもそれに見合うだけのエネルギーをもって作品を書かないと。

吉本　少しでも手を抜いたりするとわかるんですよね、絶対に。そういうところは、本当に偉いなと思う。私ぐらいの年齢の人たちだと、みんな建前社会を生きているから、多少面白くないものを書いても「よかったよ」と言ってくれるし、少し力を抜いても、「今回は力を抜いたね」とは誰も言わない。けれど、その子たちはそういうことはなくて、「今回は、よくわからなかった」とか「いつもは泣くけど泣かなかった」と、ひと言でわかりやすい。それはそれでつらい。でも、「ああ、この子たち本気なんだ」っていうのが伝わってくる。

河合　ぼくは、それがすごい好きなんです。あんな、まっすぐで嘘《うそ》のない世界はないんじゃないかと思いますね。

吉本　やっぱり人は順番を追って大人になっていくわけだから、その途中で百段階くらいつまずかなければ、人を殺すような人になったりしないと思うんですね。その途中を、ずーっと放っぽってあったっていうところが……。

河合　ずっと放っとかれて、溜まって、溜まって。

吉本　それが、ガーッてひどくなってから急に治そうといったって、まず、いままでの分を取り返さなければいけないから、「それだけの時間はかかるでしょ」と思うんだけれど、「はやく治してください」、「すぐ治してください」。インスタントな感じで、かわいそう。

河合　それは、そう簡単にはいかないです。だから、よく親御さんに言いますよ、「十八年かかっておつくりになったものを、一年で変えるのは難しいですよ」と。

吉本　先日、あるデパートの書籍売り場に私の本を立ち読みしている若い女の子がいたんです。ハッと思ってのぞき込んで見たら、その子が「吉本さんですね」って。すごくかわいい、感じのいいお嬢さんで。「この本買います」と言うので、「いいよ、私が買ってあげるから」ってサインしてあげて、「何かの縁だから、あげるよ」。そうしたら、その子が、自分がしていたちっちゃな指輪を私に差し出すんです。私が「いいわよ、そんな」って言ったら、「でも、私が持っているものでいちばん大事なものはこれだから、これをあげたいんです」って。「じゃ、もらっとくね」って、いまも飾ってあるんです。そんなことがあったその子が、少し経《た》って入院しちゃったんです。手紙をもらって知ったのですが。

河合　へえー。

吉本　不安定になったりするといやな面が出たり、いろいろあるから額面どおりとはいかないんだろうけれど、心がきれいすぎて、「学校についていけなくなって、学校に行かなくなって、そのことを気にして、いま通院したり入院したりしています」という手紙がお母さんから送られてきて。あんなに心がきれいなのに、話だってきちんとできるのに。でも学校に行ったらだめなんだと。学校では受け入れられないと。

河合　うーん、ある程度以上、心がきれいだったら、もう学校には行けないですよ。学校は社会ですから。そこが難しいところですね。

吉本　でも、行かなくていいというわけにはいかないんですよね？

河合　この頃は、だいぶいろんな道ができていますよ。

吉本　昔はなかったですよね。

河合　昔はもっときつかった。いまは、いわゆる大検も通りやすくなったし。それから、三年遅れたり、四年遅れたりしても、あとでちゃんと行っている人がたくさんいますよ。そういう人たちに対して、門戸は相当開かれてきた。ぼくらから言わせるとまだまだだけれど、ひと昔前に比べると、だいぶましになりましたね。以前は〔学校へ行けない子＝変な子〕という図式があったり、「あそこは親が悪い」と陰口をたたかれたりした。いまはそういう子でも、ちょっと違う、フリースクールみたいなところに入れてみたり、休んでても大検に通ったから大学へ行けるとか、相当道ができてきました。だからぼくらも、すごくやりやすくなった。ただ大事なことは、その子がそうなっている間、その子が変な子でもおかしい子でもない、ということをちゃんと周囲の者が確信して待ってやるということです。それができたら大丈夫。ところが、それがなかなかできなくてね。というのは、たとえば、ぼくらが説明して、お父さんお母さんはわかったつもりでいても、そこへ親戚《しんせき》の親切なおばさんとかいうのが必ず現れて……。

吉本　（笑）「だめよ、あなた学校行かなきゃ」。

河合　そうそう、「行かなきゃだめよ！」とか、「無理してでも引っ張っていった方がいいって聞いた」とか。多くのなかには怒鳴ったら行く子もいるわけですよ、さぼってるやつらとか。そうすると、「あそこの家は怒鳴ったから行ったから、うちも怒鳴れ」という格好になってくるでしょ。あるいは、「いや、この人はもう病院へ入れなさい」とか、いろいろ親切な人が出てくるわけ。それに対抗していくのがたいへんで。ぼくらはそういう人から本人を守って、ただ時を待っているだけでね。

吉本　差し支えないところまでで結構なんですけれど、よくわからない「先生」がこの世にはいっぱいいいますよね。

河合　います。

吉本　ああいう人たちと戦ったことはありますか?

河合　そりゃあ、もう。ただ、ヘタに戦ったら損やからね。戦って叩《たた》きのめしてしまったらそれはええけど、なかなかそうはいかないから。変なふうに戦うと損だから、上手に。

吉本　「おたくの息子さんを治してさしあげます」などと言って、ものすごいお金を取る謎《なぞ》の先生っていますよね。宗教でもなく、かといってちゃんとしたボディワークとかでもなく、何でもなくて「先生」という人。

河合　だんだんそういうのが、はびこってきたねえ。お金だけ取る人ね。

吉本　それで、結果が、いいのか悪いのか、よくわからない。

河合　また困るのは、それでよくなる子もいるからね。

吉本　難しい！

河合　難しいですよ。

吉本　職業的位置づけとしては、「カウンセラー」になるんですか、あの人たちは。

河合　だからぼくらは誤解をなくすために、臨床心理士というのは「こういう訓練を受けて、こういう資格を持っておって、こうなんです」と、『臨床心理士』という肩書の人は、こういう人です」ということを明らかにしようとしているんです。そうすれば、ある程度信頼できるわけで。そうでないと、いい加減なこと、できますからね。それとさっき言ったように、「行けえ」って怒鳴るだけで行くかもわからないし。ありうるわけでしょ。それを、誰にでもやって金を取ると言いだしたら困る。それが多いんです。

吉本　そういう人、よく見ますね。

河合　見ます。困っていれば、やっぱり「藁《わら》をも摑《つか》む」でね、「誰々が行ったそうだから、私も行こうか」となる。お金払って。

吉本　沖縄のユタみたいに歴史があるんじゃなくて、なんか「私だけにはわかる、この世のしくみが」みたいな人がいっぱいいる（笑）。

河合　それに類するのがたくさん出てきて、困っています。

吉本　これからはそういう時代ですね。混沌《こんとん》とした時代。

河合　そういう意味では、各人が生きていくことが、たいへんな時代になってきていますね。自分で判断しなくちゃならないことが、ものすごく増えてきた。

吉本　日本人がいちばん苦手な。

河合　そうそう、いちばん苦手な。たとえばお医者さんに行くにしても、どこのお医者さんがいいかを自分で判断しなければいけないわけでしょ。

吉本　あやしい先生に行くか、お医者さんに行くか、宗教に入るか。

河合　それもその人たちの判断に任されるわけだから。そういう点では、自由になって面白くなったと言える代わりに、ものすごく難しくもなりましたね。

大地の力

河合　最近、ばななさんの本を読ませていただきました。『南米と不倫』でしたか……。

吉本　『不倫と南米』（幻冬舎）です。

河合　あ、『不倫と南米』か。

吉本　あんまりかわらないです（笑）。

河合　不倫が先でしたか。すごく面白かった。「不倫」という言葉がパッとくるというのが面白い。あれは自分で考えた題ですか？

吉本　はい。いろんな人に、すごく反対されて。

河合　へえ。

吉本　「もうちょっと、なんとかなんないの？」って。

河合　（笑）

吉本　でも、はじめからそう思っていたので。南米文学の題って、みんなあんな感じなんです。

河合　そうですか。

吉本　あまり抽象的ではなくて、『愛と死、そして〜』とか、『愛その他の悪霊《あくりょう》について』（新潮社）とか、そんな感じですから。直接的な題にしたかった。

河合　それは面白いねえ。そういえば日本の本の題には曖昧《あいまい》なものが多いね、なんとなく。ちょっと曖昧模糊《もこ》としてる方が奥ゆかしいような気がする人たちからすると、『不倫と南米』はびっくりするね。しかし、その効果というか、価値があったのではないですか。

吉本　自分ではいいタイトルだと思っています。

河合　あの本を書くつもりで南米に行ったんですか？

吉本　はい。

河合　面白い企画ですね。

吉本　行く前にイメージを固めていったので、もっと南米って、暑くて、こう、みんながガーッて燃えてる感じだと思ったら、わりと静かで、さみしくて、寒かったんです。その意外性が面白かった。それを書くのが自分らしいかな、と思って。

河合　ぼくは南米、少しだけ行ったことがあるのですが、そのとき印象的だったのは、白人社会と、もともといた人たちの社会とを……。

吉本　インディオたちの……。

河合　ええ、それを分けてるでしょ。ぜんぜん取り入れていないというか。そう言いながら重なってもいる。それが、すごく印象的でした。それをもっと考えると、日本人というのは、すごい不思議ですね。つまり日本人は、西洋の文明をずーっと取り入れながら、日本的なものも持ちつつ生きている。ところが南米に行くと、インディオの人たちの生活というのは、やっぱりどこか、はっきり違う。で、白人は白人で、ポンッているでしょ。あれは不思議な感じがしましたね。

吉本　それと似た話というか、似た感覚なんですけれど、基本的に南米に住んでいる人たちはスペインなどから来たはずなのに、死生観がまったく南米になっちゃっていて。あれは気候のせいでしょうか。「死んだら死んだでいいじゃん」みたいな感じに。あの感じって、ヨーロッパの人のものじゃないと思うんです。

河合　その土地に住むとか、その土地のものを食べるっていうのは、予想外に怖いことじゃないですか。

吉本　影響が出ちゃうという意味でですか？

河合　うん。遠藤（周作）さんの『沈黙』（新潮社）という作品があるでしょ。たしかそのなかで、ロドリゴという神父が日本に来たときに、日本の土地を踏んで、日本のものを食べたら、もう、それに染まるんだと。ぼくはそのことを文章に書いたことがありました。やっぱり土とか食いもんっていうのは、すごいのと違いますかね。だから白人たちは、自分たちはインディオと違う世界をつくっていると思っているんだけれど、あなたが言われたように、深いところでは……。

吉本　もう変わっちゃっている。

河合　おそらく、そうでしょう。

吉本　それと、移民として渡った日本の人たちがいて、二世、三世ならわかるんですけれど、もともと日本で育った一世なのに、みんなもう、日本人じゃないんです。それが印象的でした。「ダメならダメでいいわよ」とか「もう、いいんじゃないか」というような投げ出し方とか。あと、命に対する迫力、すごく迫力があるんだけれど、あっさり投げ出す感じ、「死ぬときゃ死ぬんじゃないの」という感じが、ぜんぜん日本人じゃない。見た目はまったく日本人のおじちゃん、おばちゃんなのに、「この人たち日本人じゃない」って、すごく感動しました。

河合　白人の人たちにも、そんな感じがありましたか？

吉本　はい。

河合　へえ〜。

吉本　ジャングルがガーッと繁《しげ》ってて、水がドドドドドーッて。そんな土地に生きていると、ちょっと違うふうになっていっちゃうんですね。

河合　いま言われた、木がワーッと繁って水がダーッて流れているような世界に、西洋のビルディングの世界がポンッとあるでしょ。で、それが底の方で浸食されてるというか。

吉本　そういったビルのなかにまで、濃密な、官能というと大げさだけれど、自然の持っている官能の世界が入り込んできていると感じました。それに人間が影響されていっちゃってるんだなって。スペインから来て、おそらくスペインのような町をつくろうと思ってブエノスアイレスなどの都市をつくったのに、結局その土地によって侵されている感じが、すごく面白かった。

先ほどの話ですが、人が土地に支配されるとすれば、たとえば具合の悪い人が、住んでるところや食べ物を変えたら治っちゃう、というようなことはあるんですか？

河合 それは昔からいう転地療法というやつです。

吉本 どれくらい効果があるものなんですか？

河合 合うか、合わないかで、大きく違うんじゃないでしょうか。

吉本 それは、どうやって判断するんですか？

河合 できる人には簡単なことですよね、読める人には。昔は、そういう知恵を持った人がいたんですよ。でも、いまはぜんぜんいない。近代科学の考え方は、まるっきり違うから。そういう知恵を持った人が、すごく少なくなった。しかし、まだ、ネイティブ・アメリカンの人とか、ああいう人たちのなかにはいますよ。

吉本 じゃあ、思いのほか治っちゃったりする人がいたりするのは、そういう……。

河合 ありえる。ありえますね。

吉本 いつも、「それは、どういうものかな」と思っていたので。うちのお父さん、足が悪くて、みんなに「温泉に行け、温泉に行け」って言われるけど、「ふざけるな」って言ってるんです。「温泉なんて行って、休めたことが君たちあるのか」って。確かに、と思って。

河合 そやから、温泉行って休める人は行ったらいいんです。ところが、お宅のお父さんみたいに、温泉行ったらよけいイラつくような人もいる（笑）。温泉性ストレス症候群（笑）。

吉本 そういう人は行かない方がいい。

河合 かつては、人を見て、しかも温泉ならどこの温泉がいいとか、そんなことを言う人がいたのですが、もういなくなったですね。いまも、そういうことを言う人がいるけど、本物はいないんじゃないかな。

「老い」の難しさ

吉本　差し支えがあるかもしれないので、何なんですけど、すごく疑問に思っていることがあって、いろんな人に訊《き》いてみるのですが、秋田県に玉川温泉という温泉があるのをご存じですか？

河合　いや、知りません。

吉本　そこは末期ガンの人が治っちゃうことがあるという温泉なんです。確か、包丁をひと晩入れておくと溶けちゃうほどの強酸性で、長く入ってちゃいけない。台湾とチリとそこにしかない、なんとか石《せき》というラジウム鉱の放射能が出る石があって、「そのガスを吸ったら死にます」と書いてあるんですよ。だから「近寄らないでください」って書いてあるんですけれど、そこに末期ガンの人たちが泊まり込みでキャンプをしてるんですよ、筵《むしろ》を敷いて、ごろごろ寝ながら。こう、なんていったらいいのかな、筵を敷いて、ごろごろごろごろ寝てて、そのガスを吸って、温泉に入って……。地獄みたいな風景なんですよ、ひと言で言うと。これって、何？　って。

本当に具合が悪いときに、そこに行って治るって、どういうことだろう、と。

河合　いわゆる自然科学的説明のひとつとしては、そこに抗ガン性のものがある可能性がある。だいたいそうでしょ、いまガン治療には放射能を使うわけで。

吉本　それが偶然……。

河合　そう、あるということ。それは考えられますよね。で、もうひとつは、ガンというのは、そういうわけのわからないことが、非常に確率は低いのですが起こりうる、非常に不思議な病気なんです。

吉本　なるほど。それを見て、すごく考えさせられてしまって。本当に具合が悪くなったら、もしかして、こういうところの方が安らげるのかなって。

河合　それはある。

吉本　病院で、きれいにきちっと寝て、点滴を受けたりしてるより、空を見て、プシューッて煙が出ているところで。

河合　おっしゃるとおりで、清潔できれいとかいうのは健康な人が言うてるわけですよ。そうでしょ？

吉本　はい。

河合　これから死んでいく、という人がね、清潔か知らんけど、狭ーいとこに入って、まっ白いものに取り囲まれて、何も見ずに寝てるよりは、そりゃむしろ、寝ころんで山や川や星を見てる方が、よっぽど合うかわからんねえ。いま、現代人はいろんな点で、そういう失敗をしていると思う。特に、高齢者に対する考え方や死んでいく人に対しての取り扱い方、それを間違っている人、多いのと違いますか。

吉本　健康な私たちがハイキングみたいな気持ちで行ったら、お湯はピリピリするし、すごい怖い。けれど、もしかして本当に具合が悪かったら、病院にいるよりは、この方が、仲間もいて……。日本人の心って、こういうものかなあと思ったんです。

河合　よっぽど、ぴったりかも知れませんねえ。

吉本　「悪くなったら、またここで！」みたいなのが楽しいのかもしれないし。ゆで卵とか食べちゃって、ごろごろ寝てるんですよ、雑誌を見たりして。ごつごつした、ふかふかしてないところで。昔はこういう感じだったのかなあって、ちょっと思ったんです。

河合　昔の方が、歳《とし》をとることや死ぬことに関して、よっぽど知恵がたくさんあったでしょうね。いまは、元気で生きるための方法を、みんながものすごく考えて、そのことはむちゃくちゃに進んだ。その延長で考えるから間違うんとちゃうかな。それの延長で歳をとることや死ぬことを考えているけれど、ほんとは視点をまったく変えなければいけないんです。きちんとものごとを考えている人は、これから言いはじめるんじゃないですかね。ぼくも歳をとっていくから自分の経験からものを言いたいと思うけど、歳をとるとものを言う元気がなくなるんで、それが問題ですね。死んでしまったら、もう言えないし。あっちに行ってからでは発言できないからね（笑）。

吉本　その土地に合った死生観というか、いまそういうものを日本は見失っているなと思いました。

河合　そうですね。日本だけじゃなくて、いわゆる近代国家は。

吉本　南米に行ったときは、「パッと死ぬのがいいね」という感じだったんです。なんでもいいから「パッと死にたいな」という感じが漂っていて。この濃いなかに入っていけるなら、このジャングルの濃い空気とか、滝がドドドドドッていうようなところに自分がパッと入っていくように死にたいねっていうのは、そのときのスタッフ全員に共通する感覚だったような気がしています。このなかに生きていたら、こうなっていくだろうよって。たとえばインドだったら「死を待つ家」みたいなところがあって、信仰があって、「川のほとりで焼いてもらえればいい」とみんなが思っているということを感じられるんですけど、いま日本で、どうやって死んだらいいのか、わからない。

河合 そうそうそう。ものすごく難しい。

吉本 それをよく考えます。

河合 そういうことは、普通は考えない、話さないということで、避けてるわけです。

放っておかない社会

吉本 最近ものすごくいい映画を観《み》たんです。キューバのおじいさんたち、九十とか八十とか七十のおじいさんたちがバンドをやっている『ブエナ・ビスタ・ソシアル・クラブ』という記録映画。キューバの音楽を演奏する七十過ぎた人たちのバンドの映画なのですが、そのおじいさんたちは、現役バリバリなんですね。気候は違うし、国情も違うのでいちがいには言えませんが、日本では七十過ぎるとまわりの人たちが「もうやめなよ」とか「休みなよ」とばかり言うでしょ。河合先生はバリバリ働いていらっしゃいますけど。そういう傾向が最近特に強くなっているような気がするんです。ちっちゃい子も、十歳くらいまでは「絶対、そこに座ってなさい」みたいな感じで、七十過ぎたら「もうそこに座ってなさい」。どうして、そういう日本になってしまったのか興味があります。

河合　日本も、もっといろいろ変わってほしい。

吉本　でも、だからといって、子どもに急に「泥んこ遊びをさせなさい」と言うのも違うし、おじいさんたちを無理やり働かせるのも違うと思う。

河合　だから、子どもでも、おじいさんでも、やりたいことがある人が、もうちょっと自由に動けるようになるといいんですけどね。そこから、何かが生まれてくるんだけど。日本では、「子どもはこうしなさい」とか「年寄りはこうしなさい」という、一般的圧力が強いでしょ。

吉本　「こうしなさい」っていうのは、どこから、どのへんからやってきたのですか？

河合　日本人にとって、「分を守る」ということは、すごく大切なことだったからね。「分」を守ることによって平和を保つというのが日本の考え方だった。それは昔は「身分」だったわけですね。殿様は殿様身分、侍は侍身分というようにして「分」をわけて、そのなかで競争していた。それは、競争はしているけれど、分を侵さない競争だったわけです。ところが西洋の文化の影響で、いまぼくらは身分をぜんぜん意識していないし、みな平等であると考えているけれど、やっぱり「分」の考え方は日本人は大好きだから、いろんなところで、知らぬ間に、無意識に「分」というものを持っているんだと思う。「女の人は女らしく」とか。そういう「らしく、らしく」ということで「分」をわけて、そこで競争しようという意識がものすごく強いから。それを破ろうと思ったらよっぽど強いものがないと。

吉本　ちょうど私たちくらいの世代が、そういうのを変えていく世代なんですね。

河合　そう思います。

吉本　私よりも下の子たちが、ちょっと時代がいい、自由というんじゃないけれど、少しはそういうことを取り入れられるようになってきているのかなあと。

河合　そう考えたら、なかなか自分たちの力で考えることができない子どもたちの世代がかわいそうですね。大人の言うとおりにしかできないわけですから。子どもを見てたら、本当に気の毒だと思うね。

吉本　いまの子どもですか？

河合　うん。本当にかわいそう。昔は親が忙しかったからね。監視する時間がなかったから。

吉本　兄弟がいっぱいいいたし。

河合　親はときどき思い出しては怒鳴ってたわけだけど。その合間、合間に子どもたちは好きなことができた。

吉本　いまは子どもが一人だけだったりするから、親がグーッと入っていっちゃって。

河合　そうそう。しかも、日本的な、「分」的なものをも負わされてしまっているから。日本の子どもは本当にかわいそう。

吉本　死ぬ間際《まぎわ》に自分の人生を振り返ってみて、子ども時代と歳をとってからのことを「ああ、あの頃は夢みたいだったなあ」と思いたいんです。このふたつの時期をそう思えない一生は、とても虚《むな》しい。働いたりなんなりして社会のために打ち込んだ以外の時期こそが、その人の魂が本当に遊んだときだから。いまの子どもたちやお年寄りは、それを取り上げられて、かわいそう。

河合　魂の遊びというのは、ほとんど取り上げられてるんと違いますか。もっと遊んだらいいのにと、ほんまに思うんやけど。

吉本　「放っておかれる」というのがないんですね。

河合　歳とっても、本当に放っておいてもらえない。年寄りもかわいそうに、上等のふとんに寝かされて、まっ白な空間に放り込まれて、食べ物は全部、栄養があるとかないとか。栄養みたいなのはなくても、もっと好きなものが食べられる方がよっぽどいい。いまは子どもと高齢者がかわいそう。

吉本 その人たちがかわいそうな世の中って、本当によくない世の中なんですよね。

河合 しかもそれがもっと恐ろしいのは「子どもと高齢者のためにしている」と思ってやってるから、よけいに腹立つ。そうでしょ、おためごかしに自由を束縛している。

吉本 だってもしかしたら、たとえばですが、「八十九歳になって一人でアメリカに行って、金髪の女と一回付き合ってみる」のが夢かもしれない。でも「一人で飛行機に乗って行く」と言ったら、みんな止めると思う。

河合 絶対、止める。

吉本 「私が一緒に行くわ」って誰かついてきちゃうでしょ。そういうのが、すごい不自由だなと思う。それと、若いお嬢さんたちが子どもを産みたがらないとか……、いまの日本は、社会としてちょっと機能してないように思う。じゃ、自分で何ができるのかは、わからないんですけれど……。

河合 だいぶ金持ちになってきているんだから、上手にやれば面白くなるのにね。

吉本 そういうことを最近、よく考えます。何か、あとひと息のところで、みんながいている感じがする。急に時代が変わりすぎたから。

河合　本格的に外国に行ってくれば少しは日本のことが見えてくるんだから、それだけでも、だいぶ違うんだけど。みんな、いわゆる観光旅行でパッパーと見て帰ってくるだけでしょ、あれは外国へ行ったことになってない。日本が箱詰めで移動してるだけですよ。

吉本　そうかもしれないですね。ただ、行って帰ってくるだけ。バスの窓から見ただけっていう。

河合　みんな、本当には体験していないから、やたらに写真を撮る。写真撮らないと証拠が残らないでしょ。だから撮りまわって。

吉本　「直接見るのが怖い」というのもあるのかもしれない。

河合　それで、自分のものにするために、帰ってきてからその写真を人に見せようとするんだけど、だんだん説明するときにわからなくなってくる（笑）。「どこやったかなあ、この場所」。

吉本　（笑）外国にいると、妙にくつろげることがあるんです。不思議だなあ。日本人なのに、どうして外国の方がくつろげるんだろう。

河合　それはやっぱり、いま言った「日本的しがらみ」が切れるから。

吉本　単に、旅行だからというんじゃないんですね。

河合　違うと思いますよ。ぼくは歳とってきたから、外国へ行くのが面倒になってきてね。英語しゃべるのも面倒だし。でも、行ったらなんとも言えん、ほっとする……。

吉本　解放感。

河合　「来てよかったあ」って思う。すごくしがらみの切れた感じというかね、あれが大好きで。空港降りたら、サーッと。

吉本　そうですね。

河合　だからやっぱり、行かなあかんと思って行きますけどね。行かなあかんと思ってるんだけど、ぼくらは行ったら向こうでしゃべったりしなきゃいけないでしょ。英語でしゃべるのも億劫《おっくう》だから「もうやめる」とか言うてるけど、行ってしまえば「来てよかったあ」(笑)。

吉本　今度、一緒にアッシジに行きましょうね！　一か月くらい。

河合　やりたいことは、いっぱいあるんやけどねえ。

関西人と江戸っ子

河合　関東と関西という意識はありますか?

吉本　あります。

河合　ほう。ぼくはもう、だいたい関西弁ですから。標準語はしゃべれないと思いますね。特にアクセントはいくら頑張っても無理です。変えようがないですね。自分では標準語と思っていても、聞いてる人には関西弁に聞こえるらしい(笑)。

吉本　私、仲のいい親友レベルの友だちは、ほぼ全員関西人なんです。

河合　そうですか！　へえー。

吉本　そのことについて、いろいろと考えます。何がそうさせたのか、縁なのか、性質なのか。あと、やっぱり、生粋の江戸っ子っていうのは、関西の人と……。

河合　生粋の江戸っ子は、すごく減ったんじゃないですか。

吉本　私、たぶんそうなんです。三代目だから。

河合　あ、そうですか。そう言われれば江戸っ子気質を持っておられますね。

吉本 ありますね。たぶん、それが関西の人と合うんじゃないかと思います。あんまりこう、近所付き合いなどで外面《そとづら》がないというか、ある意味ではあるんだけど、あるところからは入らない、といった感じが気楽だったんじゃないかと思います。関西の人にとって。

河合 いま一般に「関東人」という場合は生粋の江戸っ子ではなくて、いわゆる「東京人」という感じですね。東京が日本の中心という感じで、いかにも中心らしい人がいるから。ぼくらには「外《はず》れ」という感じがあってね、外れていることを楽しんでいるところがあるでしょ。外れてることの優位性もあるし。それはすごく得してると思いますね。

吉本 東京では、いまとなっては私の方がよそ者っぽい気持ちですね。昔、私がちっちゃかった頃は、電車のなかで人に話しかけたり、「あら、その服いいわね!」とか道で知らない人に言ったり、そういうのが普通だったんですけど、いまそういうことをすると、ちょっと変な人っていう感じですから。

河合 「関東」、「関西」と言ってるけれど、ひょっとしたら、そういうことかもしらんねえ。みんなが「関東」と言ってるのは、いわゆる都会ふうだという……。

吉本 東京という「寄せ集め」というか。

河合　「東京人」は、いわゆる近代主義みたいなものを日本人なりになんとかやろうとしている人たちで。ぼくらは前近代を平気で生きてるようなところがあるから。それはあるかもしれませんねえ。関西弁というのは、パッと本当のことを言ったりするときに便利でしょ。

吉本　ほんとですね。関西の友人たちは、関西弁を話しているときの自分と標準語を話しているときの自分とでは人格が違うって言うんです。

河合　そうそう。

吉本　絶対に違うって。

河合　標準語になると、いわゆる「よそ行き」になるんですよ。小学校の生徒でも面白いですよ。壇の上へ上がって発表するときには「ぼくは、こうであると思います」という、気持ちが入っていない言い方でしゃべって、下りたら「おい、うまいこと言うたか」って、パッと関西弁になるでしょ。そのときは顔色まで、パッと変わるんですね。ぼくは、壇の上でも関西弁でしゃべってますけど。自分を平気で出して話そうとすると、関西弁になるんですね。標準語では、ちょっと「よそ行き」なんですよ。

吉本　友人たちが、よくそのことを言うから、面白いなあと。

河合　そういう人は吉本さんとも関西弁で話します？

吉本　そうですね。会ってちょっと時間が経《た》つと関西弁になりますね。滅多に英語で話さないけど、英語で話すときの気持ちを考えるとわかるような気がします。「ああ、きっとあんな気持ちなんだろうな」と。

河合　ぼくは英語でしゃべっても関西弁ですから。

吉本　（笑）

河合　イントネーションが関西風なんです。ぼくが英語でしゃべると、「なんとなく関西弁的だ」と言われます。

吉本　へえー。なんででしょうね。

河合　ぼくは人前で英語を話すとき、原稿もないことが多いんです。で、べらべらしゃべってるから、関西弁でべらべらしゃべってるのと感じが似てるんじゃないですか。

吉本　関西の人には、言葉だけとってみるとヒヤッとするようだけれど、実は心地いい距離感がありました。東京は、もっと「ねとーっ」として。関西は、パンパンッていう感じで。

河合　で、ときどきグサッと本当のこと言うからね。あれが面白いんですよ。

吉本　そこに「ちょっと、つらいんや」みたいなことを急に織りまぜるんだけど、次の瞬間には「大丈夫」って。いいですね。だめになったら、とことんだめになるというところがありますよ。落ち込んだりしてると。そこも、やっぱり江戸っ子に通じるものがあって、すごく楽です。

河合　江戸っ子は、そんな感じだったんじゃないですか。

吉本　そうですね。

河合　東京人と江戸っ子は、違いますよ。

吉本　違います。わりと「結局ひとり」みたいなさびしい感じなんです。そこが関西の人に似た気質のような気がします。とても話しやすい。

河合　そこには、共通する「土着性」みたいなものがあるのかもしれませんね。土着を踏まえて、しゃべれるというか。安心感がある。

吉本　東京には、そこが違う人が集まってるから、「じゃあ、みんなに通じる何かを」ということで、ぼんやりとした、面白くない感じが生まれてきちゃったんじゃないでしょうか。

河合　最大公約数か最小公倍数か知らんけど、そういうふうになっていったんじゃないかなあ。

言葉とデリカシー

河合　西洋人と日本人では、会話に対する考え方は大きく違いますね。欧米の人はディスカッションが好きだから。

吉本　そうですね。「なぜ、そうなのか」とか、「いま、なんて言ったんだ」と、何回も何回も。

河合　「俺は、こう思うんだ」、「どこが違うかというと……」というのが大好きなんです。日本人は、「ほう、なるほど、なるほど」でしょ。

吉本　日本で、ちゃんと闘ったら、感情を害し合うようになってしまう。

河合　うっかりディスカッションを仕掛けたら嫌われますよ、日本で。絶対。そこは大きな違いですね。

吉本　向こうの人たちは白熱した議論が終わったあと、「ハハハ」って言いながら、ご飯食べたりしてますものね。

河合　あれはね、ディスカッションを楽しんでいるからなんですよ。日本人はディスカッションすると腹立ってくる。

吉本　みんな最後は、立ち上がったり、逃げちゃったり、会場から出て行っちゃったり、たいへんですよね。

河合　向こうへ行ったら、それができるから面白いと思うときと、小うるさいときがある。

吉本　「まあ、いいじゃない、みんなと同じこと言っとこうよ」。

河合　両方ありますね。ぼくはドイツで講演したときに、「あなた方は、ディスカッションとかいうことが好きらしいけれど、我々の国では、そんなことはしないんです。私の話が終わったら、みんな静かに帰ったらいい」と言ったら、一人が手を挙げて、「プロフェッサー、なぜ日本人はディスカッションをしないんですか」と質問するから、「それそれ。そういう失礼なことは日本じゃ誰も言わないんだ」と言ってやった（笑）。彼らと日本人は違う。向こうには、「西洋個人主義」があるから。

吉本　「違う」ということに意味があるんですよね。

河合　「個人には、違いがないと面白くない」と思っているし、「個人の発想で」というのがある。「なんで日本人はディスカッションをしないか」と訊《き》かれたときに言うてやったんだけど、「私がこう言うでしょ、そうすると相手がこう言うて（矢印が向き合うような仕草)、バーンとぶつかって、どういう新しいことが生まれるか。これをあなた方は楽しんでいるけれど、日本人は、そんなふうに言わないんだ。こっち向きに(下の方に向かって)言うんやと。で、相手は向こう向き(やはり下の方)に言うてると。その、こっち向きに言うたのと向こう向きに言うたのが底の方でポッと触れたら、めちゃくちゃ面白いと、ぼくらは思ってるんだ。だから、パターンがぜんぜん違うんだ」と。そう説明したらわかるんですよ。実際そうでしょ。よその方のことを言っているようでも、面白いときというのは互いが底の方で結び合いますよね。それができる人は、会話として面白いと思えるんですよ。向こうの人は、正面からあたらないとダメなんです。

吉本 確かに、日本人には、あまりに違う、「あんぐり」しちゃうような人って、あんまりいないですね。ありえますものね、アメリカやヨーロッパだったら。「なんじゃ、そりゃあ」みたいな、こう、距離を置くしかできない、ただ眺めるしかできないような人。日本人には、生活の幅がないということも、関係してるのかしら。

河合 それもあるかもしれませんねえ。

吉本 アメリカで言えば、大農場主とニューヨーカーのような。

河合 イギリスだったら、ちょっとしゃべったら、どの階層に属しているのかが言葉でわかるでしょ。階級社会だから。日本はみんな、おしなべて……。

吉本　話が通じやすい。それも、あるかもしれませんね。

河合　アメリカに長い間行っていた学生さんが日本に帰ってきて、日本の大学院に通うようになった。けれど、うまく日本の大学に適応できなくて、その人は「私、日本語がわからないから」と言うんです。「わからないって、さっきから日本語をしゃべってるじゃない」って言うたら、「『なんとなく』という言葉がわからない」と。日本人は、相手が「なんとなくねえ」と言うと、「ふーん」って、わかっちゃうでしょ。そうすると、自分だけが外れてしまうんですね。で、「『なんとなく』の中身はなんなの？」と訊いたら、イヤそうな顔をされるでしょ。ほとんどのことが「なんとなく」進んでいくんだけど、その「『なんとなく』がわからない」というのは、「なるほどな」と思いました。

吉本　でも、それは特技だと思って活《い》かした方がいいのかもしれませんね。日本人は。

河合　それがね、国際社会で活かせられたらすごいんだけど、活かせられないんです。

吉本　なかなか、難しいのですね。

河合　そう。日本人の間では活かすことはできるけど。

吉本　国際社会で「なんとなく決まったんだよ」と言ったら、「なんだ、そりゃ？」

で終わっちゃいますか（笑）。

河合　日本では「『なんとなく』の中身を訊くのは野暮」ということになってるんですよ。でも、向こうは明確でないとダメだからね。

吉本　難しいかもしれません。

河合　しかし、まあ、そういうことを英語で言って向こうのやつにわからせて面白がるようなところが、ぼくにはあるねえ。だから、何かあるときに相手にすぐに合わせるんじゃなくて、いかに日本は違うかということを説明する。

吉本　合わせても、結局、嘘《うそ》ですもの。

河合　一回限りのときは、合わせるんですよ、うるさいから。友だちになったら、みんなとは合わさない。それでいいんです。アメリカに行っても、一回限りのやつに「ハヤオ」と言われても黙ってるけど、友だちは私のことを絶対「ハヤオ」とは言わないんです。みんな「カワイ」と言います。「ほんとの友だちやと思ったら、『カワイ』と呼んでくれ」と。「ハヤオ」なんて言うのは、うちの親父《おやじ》くらいしかいないんだから（笑）。そういうと、「へえー」って、また面白がるでしょ。友だちには、そういうのを説明するんです。彼らは、それをちょっとエンジョイするわけね、自分たちと違うから。手紙でも、This is spring. と書いてくるわけ（笑）。普通は書かないでしょ。「日本人はそうだ」って教えたんです。「時候のあいさつから書け」って（笑）。

吉本　（笑）そんなことまで。

河合　はじめから「ハーイ」なんて、そんな馬鹿《ばか》なことがあるかと（笑）。そんな慎みのない手紙は読みませんって。ドイツ語の場合でも、Ich《イッヒ》が手紙の文頭にこないように工夫しますよ。ドイツ語だったら、ちょっと何かを入れれば、Ich《イッヒ》はあとにくるから。だいたい、そうしてるんじゃないですか。ところが英語だったら、はじめからIがくるでしょ。あれ、だいぶ違うね。

吉本　ドイツには、いきなり切り出すのは上品じゃないという感性があるんですね。

河合　あります、あります。その点は似てますよ。イタリア語は、よく主語を抜かすでしょ。抜かしてものを言いますよね。

吉本　はい。はっきり書いちゃうと、ちょっときつい感じになりますから。「自分が」というのを主張するときだけですね。

河合　Iをパンと打ち出すカルチャーの方が、世界では珍しいと思うんですが、いまはそれが主流になっている。どこやったかなあ、ニューギニアだか、どこかだったと思うんですが、そこでは「相手がノーと言わなければならないようなことを言うのは、そういうことを質問する人の方が失礼だ」と。

吉本　ずいぶんデリケートな心配り。

河合　こちらの心配りで、相手に「ノー」を言わさない。それを「ノー」と言わせるというのは、こっちがインポライトだ、ということで。日本人にも、そういうところがあるでしょ。「ノー」と言われてドキッとするのは、悪かったんじゃないかと思うからで。そっちのカルチャーの方が主流で、「イエスかノーかを訊かれて、ノーと言わなかったらダメだ」というアメリカ的なカルチャーの方が少ないんじゃないかと思っているんです。ところが、少ない方がいまグローバル・スタンダードになってきているから、難しくなっているんじゃないかと。

先日、アメリカ先住民のナバホに会いに行ったんです。ナバホのシャーマンの話が、なんとも言えんいい話でね。そしたらこっちも、知らぬ間にアメリカ的になって、イエスかノーかを問う質問をしてしまうんですよ。「こっちですか？　こっちですか？」とかね。「右と左とがあって、あなたはどっちにするんですか？」って訊くとね、そういう質問には直接には答えない。

吉本　答えようという気持ちもない、というか、決めた方がいいという考え方の習慣もないんですね。

河合　そう。だから、そういう質問をするとワーッとしゃべるけど、期待したことではない。それは日本人がアメリカ人に、よく怒られることでしょ。「イエスかノーかを訊いたのに、わけのわからんことを言う」って。でも別の話をする方が世界的カルチャーだったんじゃないかと、ぼくは思ってるんです。そこへ、イエスかノーかを明らかにするためだけにコンピューターができた。

吉本　話をはやくするということですもんね。

河合　コンピューターでバーッとやるというのは、イエスかノーかということでしょ。そっちの方が世界を制覇した。だけど人間というのは、はっきりしない方が本当なんじゃないかと思っているんだけど。

吉本　時間の節約ということを考えたときに、はじめて出てきたんですね。

河合　そうそう、能率。だから、そんなに能率よくするのが好きやったら、能率よく死ねと。うろうろ生きてないで。うろちょろするのが好きだから生きてるわけでしょ。だから、アメリカン・カルチャーが優位になったら、人類は滅亡するんじゃないかなと思いますよ。

吉本　時間がはやく進んじゃいますよね。人間の体のリズムと関係なく。

河合　何もかも。

イタリア語に訳されているばななさんの作品は、ずいぶん読者を獲得しているようですが、英語に訳された方はどうですか？

吉本　うーん、読まれていますが、英語だとなんていうんでしょう、訳が直接的なので、あら筋が好きな人が読むみたいです。もうひとつ、その奥を汲《く》みとるような人は、インディーズというか、公《おおやけ》の活動じゃなくて、アングラ的な、ロックバンドの人などが多い。そういう人たちに支持されています。大勢を相手にしている人じゃなくて、「ちょっと自分は変わり者なんだけど、こんな音楽が好きなんだよ」というようなオタクっぽい人たちに、すごく人気があるんです。

河合　わかります。アメリカの表向きのカルチャーはねえ……。

吉本　アメリカで本を売ろうと思ったら、それこそみんなの前に出ていってバナナ食べたりしないと（笑）。「講演とか朗読会、サイン会なんかをやってください」と言われるのですが、「いやあ、堪忍《かんにん》してください」という感じなので。

河合　そういうふうに見たら、恐ろしい国やねえ。

吉本　はっきりしてる。東北の方で部屋を借りるとき、大家さんに「部屋、貸してください」と言っても、「今日の天気が」とか「漬物がね」と、すっごく話が長くて、それで一回家に帰って、また行って、「あの部屋、借りたいんですけど」って……、そのやりとりを一か月くらいやって、ようやく借りられるという話をうちのお父さんから聞いたことがありますけど、そういうのが本当の日本の文化なんでしょうね。

河合　そうですね、ほんと、そう思います。そのときに、「部屋を借りる条件は何か。1、2、3、満足してるから、借りられるはずだ」というのがアメリカのやり方でしょ。

吉本　きっと、そういう感じなんでしょう。

河合　ぼく、アメリカに負けると腹立つから、そんなやり方でも、やれるようにならなあかんと。それもやれるけど、こっちもやれると。両方やれるのが面白い。「あればっかり、あれが本当だ」なんて、そんな馬鹿なことないんでね。

吉本　そうしたら、やっぱり、いじけた気持ちになっちゃいますもんね。罪悪感、持っちゃいますから。

河合　それで、さっき言うたように、親しくなる人には、こっちのやり方を教えていくというか、せっかくだからこっちの面白さも知ってもらわないといかんしね。なにも、無理して合わすことはない。だけど、一回限りのやつに説明してもわからないやろうし。

吉本　海外では英語で講演をなさるんですよね。

河合 ええ、でも原稿は用意しないんです。それで、ぼくが英語で講演すると、よく「えーっと、えーっと」と言うので、アメリカ人が「おまえの話は面白いけど、なんでときどき『8《ハチ》』『8《ハチ》』（エイト）と言うのか」って（笑）。だからぼくは「8《ハチ》・8《ハチ》講演」って言うてるんですよ。聞いてる方はビックリするでしょうね。「この件に関してですが、8《ハチ》」とか言うて（笑）。

吉本 わははははは。

河合 あれはしかし、電話番号を言うときに失敗しますよ。「トゥ、スリー、ナイン、えーっと」って言うでしょ。

吉本 すごい多い電話番号（笑）。

河合 「多い」って言われるでしょ。で、また「おかしいなあ、えーっと、えーっと」。「また多い！」（笑）。英語をしゃべっているときにも、ぼくは関西弁的にしゃべっているんでしょうね、姿勢が。あんまり格好つけてしゃべってないから。

吉本 講演の前に下書きは、なさらないんですか？

河合 箇条書きはあります、英語の場合は。日本語の場合は何もないです。

吉本 その日、そのときにお考えになる……。

河合 そう。向こう行ってから、うわーってしゃべる。それで時間が来たらやめるこ

とにしてる。そうしたら、「先生、時間どおりですね」って、あたりまえやないか、時間が来たらやめてるんやから（笑）。もう、まったくの出たとこ勝負です。

吉本　前の日、緊張して寝られなくなったりしませんか？

河合　しゃべるときはないですが、フルートの演奏のときはあります。前の晩、寝られなかったり。それから、緊張のあまり、まったく思いがけない失敗をしますね。この前もやった。練習しているときには間違わないところで失敗してしまう。「なんでこんなとこでやんのやろ」と思うけど、それがまた面白いんですよ。そんなの、あんまり人生にはないからね。フルートの場合は起こるんですよ。

吉本　フルート以外にあがっちゃうことって何かありますか？

河合　はじめて英語で話をしたときは、あがりました。もちろん書いてもいったし、無我夢中だったですね。

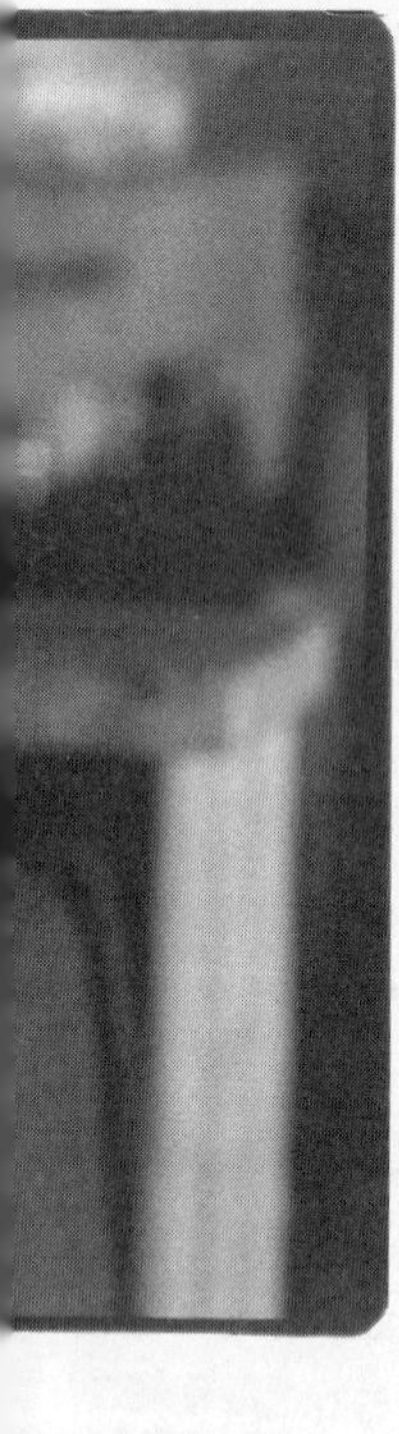

吉本　若い頃から、あがらないのですか？

河合　人前で何かするときに、あんまりあがらないタイプですね。そやけど、フルートの場合はむちゃくちゃあがるんですよ。学生の前でやったときに、あがってしまってフラットとシャープがわからなくなってね、「あがったら、音譜までかすんで見えん」と言うたら、「先生、眼鏡をかけておられませんでした」。老眼鏡かけるの忘れてた（笑）。老眼鏡をかけるのを忘れた、ということに気づかないほど、最後まで必死だった。喉《のど》がカラカラになって、唾《つば》が出なくなって。そして音までカラカラになって。そういうことは、ありますね。

吉本　じゃあ、たとえば歌は？

河合　歌は歌わない。

吉本　歌わない（笑）。謎《なぞ》ですね、じゃあ。

河合　人前では歌わない。鼻唄《はなうた》はしょっちゅう歌ってますけど。鼻唄は大好きで。ぼくは高校の教師だったでしょ。ぼくは知らなかったんだけど、高校の教師になったとき、校長先生がぼくを紹介している間じゅう、ぼくは鼻唄を歌っていたらしい（笑）。そんなんはわりと平気ですね。だから、フルートをやったために、あがるということがわかって本当に面白かった。みんな「結婚式のスピーチであがった」とか言うでしょ。「嘘《うそ》つけ」と思っていたんですよ、「そんなもんあるか」と。ところが、フルートではむちゃくちゃあがるから、「あ、これがみんなが言うてるやつやな」と思って。おかげさんで、いまでも音楽はあがりますよ。それでもね、もう何回か人前でやったでしょ。そしたら、講演のときのあがらないという態度がフルートの方にだんだん影響してきますね。はじめはまったく離れていて、講演は平気だけどフルートはボーンってあがっていたんですが、ところが講演のときの構えやパターンみたいなのが、だんだんフルートの方にも入ってきますね。それ、感じます。

吉本　不思議。

しがらみ

河合　ぼくは、だいたい小さいときから舞台の上に立つのが好きやったからね。不思議なんだけど。ぼくの家は代々百姓ですからね。

吉本　それって持って生まれたものなんでしょうか？　向き不向きっていうか。遺伝のような。

河合　ある程度、あるでしょうね。だから、百姓の間に芸人の血が入ったに違いないと言ってるんだけど。いつの頃か、旅芸人か何かが来て、子どもが生まれたんじゃないかなと、ぼくは想像してるんだけど（笑）。

吉本　自伝と違うこと言ってる（笑）。

河合　百姓の血が入っているということは、ものすごく感じますね。

吉本　どんなときにですか？

河合　根本的に土くさいと思います。だから都会は好きじゃないし、「都会ふう」というのがぴったりこないですね、いまでも。

吉本　「都会ふう」とは、どういうことですか？

河合　だいたい標準語はだめですね。それから、形をつけるというか、行儀よくするとか、そういうのは全部嫌いです。フォーマルなものは嫌いですよ。

吉本　でも、人生の大部分をフォーマルな場で過ごしてらっしゃいますよね。

河合　そやけど、みんなと違うやり方をしていると思いますね。みんながフォーマルにやっているときでも、フォーマルにやっていないことが多い。さっき言った、自分が紹介されているときに鼻唄を歌ってるとか。

吉本　そういう堅苦しいところにいると……。

河合　必ず、どこか外してますね。嫌いだから。いやだからね。

吉本　じゃあ、たとえば、どこか山のなかに、河合隼雄○○センターとかつくって、絶対自分は外に出ないで来る人のことだけやろう、なんていうことはいままでにお考えにならなかったのですか？

河合　いや、そういうことは、よく思いました。誰も来んでもええから、一人で暮らそうというのは何度も何度も思いました。

吉本　それはまた極端な。

河合　だいたい別荘を山のなかにつくるなんてのは馬鹿《ばか》な話でね、この頃は別荘は都会につくるんやて。京都に事務所があるんですが、そこでは一人ですからね。かえって山のなかにつくるよりも町のなかに一人でいる方が、ばれなくていいんじゃないですかね。根本的には一人が好きかもしれません。

吉本　それは、たくさん人に会ったから、一人が好きになっちゃったんですか？

河合　いや、それは小さいときからそうやったんと違いますかね。一人は、わりと平気ですね。

吉本　「都会ふうがダメ」とおっしゃいましたが、じゃあ、東京にいるときより関西にいるときの方が気楽なんですね。

河合 それは、やっぱり。東京はちょっと……。

吉本 日本と外国だったら？

河合 外国はねえ、あの外国特有の気楽さがあるでしょ。

吉本 あれって、日本から行くから気楽なのか、住んでても気楽なのか、どっちなんでしょう？

河合 日本から行くからでしょうね。日本人は、ものすごい日本的しがらみのなかに生きてるから。もう、ぼくなんか、すっごいしがらみだらけです。だから外国の、あのスパッと切れた感じが大好きなんですよ。吉本さんには、しがらみはありますか？

吉本 いやあ、ありますねえ。あるというか、それを振り切ることに人生のなかのエネルギーの七五パーセントは使っていると思います。

河合 はああ……、そうですか。

吉本 そう、今日はそのことを河合先生はどう思っていらっしゃるのか、もうちょっと深く訊《き》こうと思って。

河合 それでも、どうでしょうねえ、そうは言っても、ほんっとにしがらみがなくなったら急にさびしくなりませんかね、どうやろ。

吉本　ならないですね（笑）、絶対に。きっぱり。でも、いま世代間の意識が、ちょうど大きく変化をしましたよね、河合先生ぐらいの世代から私の世代、その下に至るまで。だから、ちょっとモデルがない状態で……。

河合　難しいんですけどね、ガラッと変わったとも言えるし、ほとんど変わってないとも言える。日本的しがらみなんていうのは、ほとんど変わってない。

吉本　その変わっていない日本的しがらみというのは何かの役に立っているんでしょうか。日本の何を支えているんですか？

河合　やっぱり能力のない人を支えている強力な武器でしょうね。

吉本　なるほど！

河合　日本は犯罪が少ないでしょ。安全ですよね。それも日本のしがらみのおかげだと思いますよ。

吉本　じゃあ、有効に機能している……。

河合　カルチャーというものは、すべてプラスとマイナスの両方を持っていますから。

吉本　プラス面が、そうだと思うと……。

河合　それがわかるからね、あんまり悪口を言えないんですよ。

吉本　なるほどねえ。難しい。

河合　で、ぼくらはよく経験するけど、たとえば会社などで相当なノイローゼになる人がいますね。そんな状態になった人は、欧米なら任期制が多いから任期が切れたら職を失うわけです。そして、短期間のうちに生活の質が落ちていってしまう。日本の会社には任期なんてないから、ちゃんといることができて、しかも周囲が支えるでしょ。よほど能力がない人でも周囲が支えますすよ。この力はすごいものですよ。そのうちに、その方が元気になってこられたら、またそこで働く。そういうのを見ていたら、「やっぱり、これもええかな」って思ったり。いちがいに言えないですね。ぼくが向こうでお世話になっていた素晴らしい教授の方が重病になった。そうしたら、いっぺんに職を失ってしまったからね。

吉本　厳しいですね。

河合　厳しいです。そうしたら、もう、持っていた家も売らなきゃならない……というふうに、ドーッと。見る見るうちですよ。日本だって、そういうことは起こりうるけれど、そのテンポは、ものすごいゆっくりですから。

吉本　いま、日本の社会全体に余裕がなくなっているような気がします。

河合　それは言えますね。

吉本　だから以前に比べて、いいところが減って悪いところが増えているように思うんです。それと、外資系の企業がどんどん進入してきて、アメリカ的というか、欧米的な、能力がなかったら切っちゃうような価値観が……。

河合　日本風のしがらみが切れて、欧米風の関係も持っていない、となると、まったく「関係」がなくなってしまう。欧米の人は欧米の人の人間関係をちゃんと持っているでしょ。あれが日本人にはわからない。その谷間に沈んでむちゃくちゃになりつつあるのが日本の家族でしょう。

吉本　そうですね。変化が急すぎましたよね。

河合　みんな新しい家族関係の持ち方がわからなくて、しがらみを切ることばかりに必死になってるから。

吉本　その真《ま》っ只中《ただなか》にいる世代です、私たちは。

河合　本当に難しいですね。

吉本　それについて、ものすごく考えます。

河合　ぼくも、どういうふうに発言しようかと考えますね。というのは、ちょっとへタな言い方をすると、「昔はよかった」って喜ぶ人がいる。

吉本　「昔はよかった」か、「しがらみを切っちゃえ」か。

河合　そのどっちかになる。それで「昔はよかった」っていう人は極端に言うと、

「修身もよかった」って言いだすからね。「昔の大家族はよかった」とか。でも、なんにもええことないですよ。といって、しがらみを切りまくっている人は、もう、家族関係というものがわからないでしょ。その真ん中に、ちょうどいい線があるんだけど。ぼくは、それを言うために、すごい苦労をしている。同じようなこと、何べんも何べんも言ってるんじゃないかな。

作家の位置

河合　先ほど吉本さんがおっしゃった、エネルギーの七五パーセントを費やして逃れようとしている「しがらみ」とは、どういうものなんですか？

吉本　私の場合は、本当に特殊な例だと思いますけど、海外に行くと、そこの社会には作家にも職業的位置があるんですね。普通に。「教授」とか「主婦」とか、そういうのと同じように、女性の、作家としてただ存在できるんです。「お仕事は？」と訊かれたら「作家です」。「あ、そうなの」。で、それでいい。それでいいというか、自分の位置があるんです。でも、日本にはそれがないんですよ。それは、ものすごくたいへんなことで。

河合　そうやねえ。

吉本　それについて、最近いろいろ考えてしまいました、年齢的に。

河合　それは、吉本さんが若いからということではないんですか？

吉本　ないと思います。

河合　日本の女性でも「作家」として生きてる人はいるんじゃないですか？

吉本　いや、意外にいないと思うんです。瀬戸内（寂聴《じゃくちょう》）先生だって、作家としてよりも、他の活動のことを中心に人びとはとらえていますよね。あと、そうですね、女流作家ということで普通に……、なんていうのかな、たとえば、食べ物屋さんで「ああ、先生」って言われることとはまた別に、書くことだけで普通に社会的に認知されて、それが奨励されている人がいるかというと、いないいんじゃないかと。

河合　そうですかねえ……。

吉本　そういう気が、すごくするんです。「作家の仕事は何か？」と訊かれたら、「小説を書くことです」。それだけのことで、それは「私は公務員です」というのと同じなはずなんですが……、それだけで異常な何かが包んでいるというか、腫《は》れものに触るようなのか、排除なのか、ちょっとわからないんですが。男性作家もたぶん同じようなことを多かれ少なかれ考えていると思います。若手というか、文壇がなくなって以降の（村上）春樹《はるき》先生や（村上）龍《りゅう》先生のあとの世代の人はみんな……。行き暮れているというか。

河合　文壇というのは、しがらみの別名だしね。それはなくしたんですよね、頑張って。

吉本　頑張って、なくなっちゃった。私が小説家になった頃は、まだちょっとありましたが。「入社式みたい」って思いましたもの。

河合　いまはもう、ない感じですか？

吉本　ない感じですね。あるのかもしれないけれど、私は接していないです。そのとき、まだ私は二十七歳だったから、やりたいようにやって怒られたりして、「ははは」とかって言っていれば済んでいるうちに声もかからなくなっちゃった（笑）。

河合　それでも、まだ上の世代は文壇意識みたいなものを持っているでしょうね。

吉本　でもそれは、社会的な保障というのではないのですが、「位置」、「地位」じゃないんですよ、「位置」を得るためのグループ。たぶんそういう意味では、とても有効に機能しているのですが、いまの世代はというと難しいですね。そこが、すごくエネルギーを使うところなんです。それと、たとえば私がこれで普通のサラリーマンと結婚していて子どもの三人もいると、より評判がいいんですよ、日本だったら。「小説ばっかり書いているうちに七十五歳になっちゃいました」なんていう人がいたら、たぶん「かわいそうな人」というか、「はずれ者」のように扱われる。それも、いい意味での「はずれ者」じゃなくて、「気の毒な人」になっちゃうんですよ。職業は、どうあれ。だけど、ヨーロッパなどに行くと、そういう気持ちは持たなくて済む。そんな人、たくさんいますから。「あのお婆《ばあ》さん、おかしいんじゃないか」なんていう人でも、「いや、でも作家だから、ああなんだよ」、「ああ、OK」といった感じでうまくいく。でも、日本だったら、そうはいかない。

河合　日本の社会は、個人として生きていくことがむちゃくちゃ難しいところですからね。

吉本　その狭間《はざま》で、けっこうエネルギーを使うんです。それは、オリンピックとかを見ていても、なんとなくそう思う。

河合　選手も、しがらみに、だいぶエネルギー使って……。

吉本　近所付き合いでエネルギーのほとんどを費やしてるんじゃないかと。

河合　そういう人もいるでしょうね。

吉本　結局、近所の人がどうしたとか、「親戚《しんせき》の、いとこの、なんとかが来たからちょっと会いに来て」とか。

河合　そういえば、日本の政治家なんて全部そうやね。政治家は、政治なんて、ほとんどやってないでしょ。ほとんど、しがらみにエネルギー使ってる。「日本に政治家はいない」というけれど、本当の政治家になっていたら選挙で落ちるでしょうね。票は、しがらみで動いているから。

吉本　それは、これから変わっていくんですか？　それとも残した方が……。それなら、どれくらい残すのがいいんでしょう。

河合　難しいのは、そのしがらみの方を不問にしながら、みんな頭でいいシステムを考えようとするでしょ。

吉本　そうでしょうね。

河合　でも、頭で考えたいいシステムというのは、まず機能しない。それで「おかしい、おかしい」というようなことが、しょっちゅう起こっているんじゃないですか。それは政治だけじゃなくて教育もそうだし、みんなそうでしょう。

吉本　みんなが自然に考えて、落ちつくところがちょうどいいところなのかしら。

河合　いまはみんな頭がよくなっているから、知的に、ある程度精選されたものにしようとすればするほど、実態から離れてしまう。そのとき、そこに向かって現実的なことを言うのは、ものすごい勇気がいりますよね。「あなたはそう言うけど、本当はそうじゃない」と言うと、「そんな馬鹿《ばか》なことを言うな」となる。で、日本人は、そこは建前と本音を使い分けて調節してるんだけれど、みんなだんだん建前と本音の使い分けが下手になってきた。

吉本　私ぐらいの世代から目茶苦茶ですよ。ルールないって感じで。

河合　うん、ヘタするとね。で、日本のルールは不文律が多いですからね。ものすごい不文律が多いから。

吉本　そうですね。それも楽しいルールのなさじゃないから、やっぱりいまからの年代は考えちゃうなあって思います。そうなんですよね……。評判がよくなりたくて生きてるわけではないから、評判はよくなくてもいいんですけれど、でも、やっぱり評判が悪いっていうのも、ちょっとずつ心に、こう……、溜《た》まるというか。

河合　うん、そうそう。

吉本　難しい問題ですね。

河合　「気にしない」と言ったって気になるからね。

吉本　そうなんですよね、ある程度は……。

世間の圧力

吉本 小学校でも中学校でも、世間話ができなかったんです。よくあるような話が。「いい天気ですね」とか、「お天気って好きですか」とか。できないから、たとえも出せやしない（笑）。
河合 本当やね（笑）。
吉本 「お茶とコーヒー、どっちが好きなの？」とか、「そういえば、あそこに美味《おい》しいコーヒーあるよね」みたいな話をしていると、だんだん魂が抜けたみたいになって、具合まで悪くなって。高校のとき、それが最もひどくて、「もう、生きていてもしょうがない」と思うくらい世の中に参加できなくなってしまったんです。
河合 また、そういうのがむちゃくちゃうまい人がいる。
吉本 そうなんですよ。楽しそーな人いますよね。
河合 あれが生き甲斐《がい》なんだろうね。
吉本 「どうか、その人たちだけでやってください」って思うんだけど、やっぱりそういう、なんていうのか、しがらみの手がのびて……。

河合　ぼくは、馬鹿話が上手になったのは、やっぱりそれだと思いますね。馬鹿話っていうのは衛生に悪くないでしょ。だから、馬鹿話をワーッとしてる間は、それで時間が経《た》って形がつく。

吉本　処世術（笑）。

河合　そうそう。他のこと考えてたっていいわけだし。

吉本　自己防衛ですね？

河合　そうやね。

吉本　そういう意味では関西の友だちは楽ですね。しゃべることを楽しいと思ってるから、一緒にいて楽しい。

河合　それで、関西弁っていうのは、そのなかにわりに真実をチラッ、チラッと入れられる。

吉本　そうですね。

河合　そこがわりあい、ありがたいかな。

吉本　東京の世間話は、どこから来たのかわからない、いろんな混ざった人たちがしているから、本当の意味での世間話なんですね。

河合 アメリカのパーティーみたいなもんで。

吉本 それ以下だと思います。

河合 アメリカのパーティーもねえ、よっぽどのことがないと面白くないですよ。

吉本 本当のこと言ったら嫌われるというか。「野暮」みたいな感じになっちゃって。

河合 ぼくにはわりと本当のことを言う仲間がいますよ。それで集まって。

吉本 そういうのがあれば、建前の世界も耐えられる。

河合 そうそう。それは、すごくありがたい。家庭でもそうだし、職場でもそうです。

吉本 高校のとき、最高につらかった。「自分はダメなんじゃないか」と思いました。みんなが楽しいと思っていることがさっぱりわからないというのは、こう、なんていうんでしょうね……、以前、映画で見たのですが『インディ・ジョーンズ　魔宮の伝説』のなかのワンシーン、インディ・ジョーンズが宗教の集いを陰から見てしまうところのような、そんな気持ちです。異教の集いを。みんなが笑ったり喜んだりしている内容がさっぱりわからない……。高校生のときの気持ちにいちばん似ていると思ったのが、のちに取材で宗教の集いに行ったときに感じたものでした(笑)。その集いでは、みんなが「ハハハ」って笑ってるんですが、「わからない！」。みんなが歌う、その歌も歌えないし、その孤独な気持ちに似たものを、高校生の自分は毎日感じていました。

河合　世間話も一種の宗教ですよ。それでも、ばななさんの場合は強いから、そのなかから自分が出てくるんだけれど、ちょっと弱い人は……。

吉本　つらいと思います。

河合　つらいですよ。それで、引きこもりになるとか、「変わり者」と言われるとか、いじめに遭うとか……。みんな、そうなっていくわけでしょ。そういう人たちは本当に気の毒です。

吉本　私も何回もいじめられかけました。弱気なところもあるし。

河合　また、そういうのはいじめる方も、やっつけないといかんから。異教徒やからね。

吉本　いじめられかけても、笑いでごまかしたり、うまく逃げたりして、なんとかしのいで。だから学校には、いい思い出はほとんどないんです。「学校は自分をぐしゃぐしゃにした」という印象が強くあります。学校に行かなかった自分を見てみたいなあ。素晴らしくもないだろうけど、いまみたいではなかっただろうなあ。学校、つらかったですねえ……。だから、学校みたいなものが、もう一度、訪れると思っただけで、ドキドキ、びくびくしちゃいます。ノイローゼになっちゃうんじゃないかと思うくらい怖いです。また学校のようなものが、私の人生に起こってきたら……。高校とかは、もうさぼれるからいいんですが、「中学校まで」は、どんなに楽しいことがあろうと常につらいところがありました。

河合　そのとき、その思いを誰かに話したりしなかったのですか？

吉本　自分がすごくつらいと思っていることを自分も知らなかったんですね。学校には行くものだと思い込んでいたから。学校って、行くんだよなあって。ほんとに、つらかったです。「いいことがなかったのか」と訊《き》かれたら「あった」と答えると思うのですが、でもそれは、「学校だから」というのではなかったように思います。……私みたいな人は、これからどうやって生きていくんだろう。

河合　そういう人たちは、ほんまに、ぼくらがカウンセリングで会っている人たちです。ものごとをよくわかっているんだけれど、集団のなかには入っていけないんですね、いまおっしゃったとおりで。ある人が、ばななさんのような状態がひどくなって、病気のようになって、それが治って社会に帰っていくでしょ。で、その人たちがいちばん苦手なのが、その会話なんです。

吉本　ああ、やっぱりねえ。

河合　仕事はできるんです。頭はいいから、仕事はできるんですよ。ところがみんな、人間関係がだめなんです。たとえば、その人たちは精神病院から通ってるわけです。で、職場へ行って「お住まいは?」と訊かれたときに、嘘《うそ》が言えないんですよ。それか、言おうと思ったらドキドキドキドキしてしまうんですね。日本人って、人に何か訊くのが、ものすごく好きでしょ。

吉本　そういうことに関しては。

河合　「どこから来られましたか?」とか「お一人ですか?」とか、訊かんでもええのに。それをごまかせないんです。それから、こんな例もある。ある人が雨の日に「よう降りますね」と言われるわけ。で、外を見たら雨がよう降ってるわけ。そうしたら、「先生、ああいうときは、『はい』でいいんでしょうか?」と。その人に言わせると、雨が降ってないのに「よう降ってますね」と言われたら「雨は降ってないでしょう」と言えばいいけれど、雨が降ってて「よう降りますね」と言われたら、あたりまえのこと言ってるわけでしょ。「どういうふうに言ったらいいんですか?」と。それで、「はい」と言って、あとは黙っている。相手は「なんか変なやつだな」と。そうすると会話が、カタッ、カタッと崩れていく。結局、能力がありながら、みんなやめて戻ってくる。で、ぼくらは、そういう人に教えるわけです、「『よう降りますなあ』言われたら、『よう降りますなあ』って同じこと言ったらええんや」

とね。別に何も構わないことを言いなさいと。で、そんなところから勉強してもらって、また行き直す。それでも、どこかで失敗してしまうんです。そういう人たちにとっての見えない圧力、つまり「自分は普通に生きている」と思っている人たちの圧力は、すごいもんですよ。

吉本　本当ですねえ。

河合　だから、そこからいっぺん外れた人が、そこへ入り直そうと思ったらたいへん。みんなのなかに入って、ずーっと生きてる限りは、水のなかにいるみたいなもので平気なんだけれど、その水の圧力は、外から入っていったらすごく大きいものなんです。

吉本　ああ、わかります。じゃあ、私も、頑張って小説書いていなかったら、いまごろ絶対、病院に入ってた……。いつも、ぎりぎりのところで踏ん張ってるという感じでしたから。

河合　また、ぎりぎりでないと創作にならないしね。やっぱり、ものごとをほんとに創作する……それは小説だけではなくて絵でも詩でもなんでもそうだけれど、それは、やっぱり、ぎりぎりに追い込まれないと。命がかかるくらい追い込まれないと、創作にならない。

吉本　そうですね。

河合　学校へ行っていないある方が、私のところに自作の詩を送ってこられた。そこには、学校へ通えない中学生の気持ちが、よく出ている。でも、それはぼくから言わせたら詩ではないんですよ。どう言うたらええかなあ、「こうこう、こういう感じになって学校へ行けていないのだ」という感じはよく出ているんです。そしてその人には、それを出版してほしいという気持ちがある。

吉本　ああ……。

河合　ところが、それは出版するまでには至っていない。詩として出版するには、もっと命がかからないと。で、また、命がかかってくるような詩を書いている人のなかには、まさに書いて死ぬ人がいるわけでしょ。実際、十三歳、十四歳で、すごい詩を書いて死んでいく人。あれは、もう、そこで戦っているから。ところが、そうじゃなくて、「つらいなあ、なんとか行きたいなあ」ということがうまく書けているという程度のものでは……。よく書けていて、他の不登校の子が読んだら「ここには私のことが書いてある」と思うんだろうけど、本にするところまでいっていないんです。あれは、本当にそう思いました。

吉本　そういう人たちにとっての幸せは、社会に復帰することなんでしょうか？

河合　幸せかは、わかりませんが、まあ、復帰しといて損はないでしょう。でも、復帰するために自分を殺したら意味はないですよ。

吉本　そうですよね。

河合　自分を殺して復帰したのでは、意味ないです。だからぼくら、すっごい苦労してるんです。

吉本　まさに、そうなんでしょうね。

河合　社会へ復帰するということを目標にしてはいないんです。それを、はじめから目標にすると、自分が生きていくなかで「いかに社会復帰を行なうか」が最も大きな目的になってしまう。だから、ぼくらはときどき「なにも、そんなに無理して働かんでええんとちゃう」と言うときがありますよ。「あなたが生きているということが、すごいことなんだから」って。それはそれで、すごい偉大なことだと。ときどき「自分は生活保護を受けて生きていて、社会に役立っていない」と言う人がいますが、その人には、「何を言うてんねん。あんたが、こうしてぼくに会いに来ているだけで、どれだけ社会に貢献していることか」。でしょ、実際。その人が、そういうふうに生きているということは……。

吉本　巡りめぐって……。

河合　そう。ぼくのところから巡りめぐって、いろんなところへ行ってるわけだから。

吉本　もう少し軽い人でも、すごくそういうことに悩んでいらっしゃる人がいますよね。「自分は社会に対して何もしていない」と。その罪悪感のような、普通に社会に参加したい、ちょっとバイトしたり、お店を手伝ったりしたいという思いは、どこから来る気持ちなんでしょうか？

河合　いま現代人は、みんな「社会」病にかかっているんです。なにも、社会の役になんて立たんでもええわけですよ。もっと傑作なのは、ただ外に出て働いているだけなのに社会に貢献していると思っている人がいる。貢献なんてしてないですよね、金儲《もう》けに行ってるだけでしょ。「そんなん、別に」とぼくは思ってます。社会へ出ていくとか、だいたい社会というものが、あるのか、ないのか。それから、なんで貢献せないかんのか、とか。全部、不明でしょ、ほんとのとこは。

吉本　いやなことなんだけど、やらなきゃいけないということの感じは、いったい、どこから来てるんですか？

河合　流行《はや》り、いまの流行りですよ。

吉本　（笑）

河合　昔だったら、そんなに流行ってないと思いますよ。昔は天皇陛下のために死ぬことが流行ってたというように、時代によって流行りがあるんですよ。

吉本　なるほどねえ。

河合　いまは、それが流行ってるんです。また、変わると思いますよ。それから、時代精神に合う人生を送る巡り合わせの人がいるんですよ。そういう人は、調子がいいんですね。それを、調子がいいから「軽薄だ」というのは、おかしい。その人は、時代精神に合うパターンの人なんだから、どうぞ、と思ってたらいいんじゃないですか。と、ぼく、この頃思うんですけどね。ぼくらはだいたい時代精神に合わない人ばかりと会ってるわけじゃないですか。だから以前はそういう人たちが頑張って生きてるのを見てたら、時代精神に合ってスイスイやっている人を見ると腹が立っていたんです。「あいつは表面的だ」と。でも、よく考えると、表面的ではないんですよ。それは、その人に合っているだけのことで。

吉本　たまたま時代にすんなりと一致しちゃって。

河合　以前はなんとなく腹が立ってましたが、この頃はいいと思うようになりました。いま時代に合っている人たちも、戦国時代だったらむちゃくちゃになっていたかもしれんから。これは、しょうがない。運命ですよ。

吉本　ふ〜ん。なんだか納得しちゃう（笑）。

決意

河合　ばななさんも、そういうつらい少女時代を送られたわけですね……。

吉本　いまもです、いまも（笑）。

河合　それは、基本的に自分を取り巻くものは変わっていないということですか？

吉本　うーん、そうでしょうねえ。それが創作と何か関係あるかというと、ないような気がします。損してる。

河合　それが、損してるのか、創作に関係しているのか、ということは研究に値しますね。

吉本　そうですよね、じゃなくて、そうですか？（笑）

河合　というのは、たとえば吉本さんが創作に七五パーセントのエネルギーを使ったら、この世から離れてしまう。

吉本　やってみたいです。

河合　二五パーセントで、ちょうど読まれているのかもわからんし（笑）。

吉本　人生のためには、いいのかもしれないけれど。

河合　そのへんが、すごく難しいところですね。

吉本　やっぱり七五パーセントに行ってみたいな、とは思います。

河合　それは、よくわかりますが。

吉本　でも、じゃあ離島に暮らすかといえば、そういうことではないので。私は、ぎりぎりの人たちに向けて書いています。ちょっと感受性は鋭いけど、なんとか普通の感じも保ちつつ、という人に。

河合　自分がなんでそうなっているのか、どういう状況にあるのか、わからない人たちがいるんですよ。「なんか知らんけど、つらい」とか……。「なんだか知らないけど、私はダメなんじゃないか」と思っている人が吉本さんの作品を読んだら、「あーっ」と思うんですよ。

吉本　ちょっと、ホッとしたり。

河合　そうそう、ホッとしたり、「これだ」と思ったりね。そういう人たちは、ずいぶん多いと思いますね。

吉本　反対に、その人たちから見て、「でも、吉本さんだからこういうことが書けるんだわ」とか「私たちみたいに普通に暮らしてないだろうし」と思われてしまう可能性も高いんですね。だから、作品に込める力のあり方で、そういうのを超えたところに行かないと、結局ダメなんだと。私にとって大きいテーマだと思います。あの、なんていうのか、普通の感じから離れて十二年も経《た》つと……、作家になって十二年なので（笑）、ちょっとずつ普通の部分が減ってきちゃうんですね。環境がそうさせたり。その「普通さ」を保とう保とうと思いながら、いまの年齢までやってきたんです、たぶん。結局、そういう意味では社会に参加していない。地域社会に参加していないというか。そういうことがひとつと、芸能人でもないとなると、もう、わかるジャンルにいないということになっちゃうんです。しかも女子だから、結婚はどうだ、子どもはどうするんだ、籍はどっちに入れるんだ、とか、そういった重圧もある。「ああ、このうっとうしさを創作と関係ないところに持っていかないと、変な作家になっちゃうだろうな」と、この年齢になってはじめて思うようになりました。自由、自由って、若者らしく自由と言うのは簡単だけれど、本当の意味で自由が息づいているような作品を書くにあたって、自分を日本社会のなかでどういう位置にもっていくのか。

河合　本当ですね。

吉本　もう、開き直るしかないのかなあ、と思います。「普通にやってます」というふりをするのは、よくないかなと。ゴミなんか捨てちゃったりして、捨ててるんですけど。スーパーに行ったりとか、そういうのは普通に続けているのですが。タクシーで「職業は？」と訊《き》かれて、「主婦です」って。そういう嘘《うそ》をついたりするのは、もうちょっと、やめた方がいいなあって。いままでは「隠した方がいい」って勘がはたらいていたのに、最近そうは思わなくなった。文化人化と芸能人化を避けるあまりに、十年までは「いや、名もない者です」というスタンスでもちこたえたんです。だけど、これからはちょっと……。

河合　創作していかないかんから。ものをつくっていかないかんからねえ。

吉本　シャキーンって働き盛り調に、「作家です」というふうになっていくしかないところにきてるのかな、日本だったらば、と、なんとなく思っています。海外に行くと、「あの人、何やってるの？」、「作家だって」、「へえ」で、済むのですが。

河合　村上春樹さんもアメリカへ行きますよね。海外へ。

吉本　気持ちが楽になるんです。

河合　そうでしょうね。ほんまに、そうや。

吉本　でも、これは、誤解がないように言えるかどうか自信がないのですが、春樹先生だって普通の人から見たら変わった人ですよね。四十何キロ走って、誰にも頼まれてないのに、あんなに運動しちゃって。あんなに原稿書けって、誰も頼んでないのに、もちろんみんな頼みたいんですけど（笑）、千枚も二千枚も原稿書いて。そんなにやりすぎてるかと思うと……。お会いしたことはないのですが。

河合　面白いですよ、あの人。

吉本　イメージとしては内気な感じで、一人っ子っぽいというか、マイペースな気ままな感じで。で、道であの人に会ったら、普通の陽気なつとめ人には見えないですよね。やっぱり何か職人っぽいというか、何をしている人だろう？　と思うだろうと思う。だけど、そういうことが日本では、とても嫌われるんだと思うんですよ。

河合　日本は、おせっかいの文化やから。みんなが、いろいろおせっかいにきてくれる。「変わってるは変わってるで、いいじゃないか」とは、いかないんですよ。

吉本　たとえば、私はいつも考えごとしてるからムッとして歩いているんですが、「おはようございます」って、近所の人かなんかに、「いい天気ですね」とか、いつもちゃんとあいさつしたり、そんな感じだったら、それの方が評判がいいんじゃないか、でもそういうふうにしたらきりがなくなっちゃう、とか、そんなことばっかり考えちゃうんです。そういうことに関することが、いま私の、悩みではないけれど、困っていることの中心は、そんな感じです。

河合 どっちへもっていくか、というか、どうもっていくか。

吉本 もちろん、中間を探しながらいくのがいちばんいいのですが、ある程度、もう、そうはいかないところにきているので、カマトトぶってるような生き方をしてもしょうがないし。けっこう微妙だなあと思います。それで、まわりの人たち、龍先生とか春樹先生とか、（山田）詠美先生を見ていても、やっぱり同じようなことを、ちょっとイヤだと思ってるんじゃないかなあ、と。芸能人の「スポーツカーでサングラス」みたいに、「見るからに違う！」というのとは違うだけに、本当に難しいところ。

河合 自分で飛行機、操縦したり。

吉本 そうですね。そういう「お金があります」ということと「見た目が違います」ということでアピールしていけるような極端さもない。本当に、日本において、作家っているところが少ないなあ、と思いますね。そういうのを最近、すごーく考えています。

クリエイティビティ

河合　とにかく日本には、おせっかいが多い。それは、「創造する」作業にとって、ものすごくマイナスなんですよ。創造する人は、その世界にいないとダメなのに、そこへガヤガヤと手や足を突っ込んでくるわけやからね。そういったことから自分を守るのは、たいへんだと思います。それでも作家の人たちは、なんとか頑張っておられるけれど。日本はクリエイティビティを表に出すのが、とても難しい社会です。それは作家だけではなくて、学者でもそうです。

吉本　音楽でも。

河合　なんでもそうです。

吉本　だから、みんな外国へ行っちゃうんですよ。留学しちゃったり。

河合　そうですね、外国で活躍している。

吉本　外国へ行っちゃおうと思われたことはないのですか？

河合　いやあ、ないですね。ぼくは、それこそ百姓だから、日本の土から離れられない。ぼくは、それほどクリエイティブな人間ではないんです。それは自分でよくわかってる。クリエイティブな人の尻馬《しりうま》に乗ったり、野次馬になったりするのは、相当才能あると思うけど（笑）。「第二次産業や」言うてるんですよ。第一次産業は人にお任せして。

ばななさんは、海外で暮らそうと思われますか？

吉本　そうですね、考えることはあります。

河合　それは、しがらみが原因で？

吉本　そうですね。

河合　ただ難しいのは、さっきから言っているように、ぎりぎりの追い込みのなかから何かがパーッと生まれてくるわけでしょ。海外に行って楽になってしまったら作品が書けないかもしれませんよ。

吉本　いやあ、ないと思います。たぶん大丈夫（笑）。ぎりぎりなのはいつも自分の内面の問題だから。

河合　海外での暮らしを、いま実行していないというのは？

吉本　親が高齢だとか、案外、生活に密着した理由です（笑）。それとやっぱり、日本語で書いているから、日本人に向けて日本語で書いているから、あまりにも離れちゃうと、ちょっと違うかなあ、いまはまだ……という感じです。どこで書いても同じことが書けるような歳《とし》になったら、たぶん日本を離れると思います。あと、旅人でいられる場所があれば、日本でもいいです。外国でも定住したり、移民となると同じ問題が起きてしまう。移動し続ける感じです。

河合　吉本さんの本は外国で、ものすごくたくさん翻訳されてるでしょ。

吉本　はい。それでいろいろな国を訪れるチャンスがあるので、どこに住もうか物色中です。

河合　日本の社会は、個人のクリエイティビティを犠牲にしながら、みんなが安全に暮らしている社会なんです。

吉本　そうですね。でも、それはそれで素晴らしいこと。

河合　そう。それはそれで、なかなか素晴らしいことなんですよ。

吉本　でも、犠牲になっている人の声は、なかなか出てこない……。

河合　そこが難しいですね。

吉本　スポーツ選手にしても作家にしても、ものすごく、こう、「強い人」というか、強靭《きょうじん》な人じゃないと思うんですよね。図太さや鈍さに関しては、少ないに決まってる。だからほんとに難しいです。宗教もないし。

河合　それから、日本は能力がなくてもある程度威張って暮らすとか、そういうことは、しやすい国ですよ。で、みんな、能力はないのに威張っている人だということを知っていながら、けっこう威張らして、みんなで「まあまあ」言いながら……というのは、日本人はとてもうまい。クリエイティビティというのは、もっと鋭いからね。「和を以《も》って貴《とうと》しと為《な》す」なんて言ってたら、クリエイティビティにならないでしょ。和を突き破らないと。

吉本　私の数少ない友だちには強烈な人が多いです。全員が部屋に集うと、みんな、ぐったり疲れて（笑）。だから、クリエイティビティのある人だけの国にも行きたくないですね。もし、そんな国があったとしたら（笑）。行きたくないなあ。

河合　そういう集団は、上手にやらないと長もちしないですよ。

吉本　だから、いっぺんには会わないようにしています（笑）。二時間くらいで、みんなぐったり疲れちゃって（笑）。あまりに笑いすぎたり、とにかくエネルギーを使いすぎる。空間が密になりすぎちゃって、「疲れたなあ」ってなりますよ（笑）。みんなが研ぎ澄まされすぎちゃって、鈍さがない。

河合　集まるのはときどきにするとか、上手にアレンジしないと長続きしない。少数精鋭というけれど、少数精鋭のグループは絶対ダメなんです。お互いのなかで疲れ果ててしまうから。精鋭でない人が混じっているから、だいたいうまいこと行くんですよ。会社経営などで「少数精鋭」というけれど、ぼくは「言うのはええけど、実際にしたら、あきまへんで」と言っています。

吉本　本当にそうですね。みんなの個性がぶつかり合ってたら、気の抜けるところがなくなっちゃう。

河合　そういうグループで、鈍い役で入ってる人もいるんですよ。日本人で音楽家のラベルの友だちだった人がいるんだけど、ラベルがその人を好きで好きで、ずっと付き合っていた。で、どんなに素晴らしい人なのかと思ったら、な〜んも素晴らしいことないんですよ。だからいいんです。そういうことをわきまえてクリエイティブな集団に入っている人もいます。そういう人がいてくれないと、さっき言われたように、研ぎすぎた刃ばかりが当たることになるからね。その間に、こう、ボヤボヤとしている人も必要なんです。でも、そうしているうちに、「自分もクリエイティブな人間なんだ」と錯覚を起こす人が出てくることがあるでしょ。そうなると悲劇が起こる。

吉本　はああ、人間って何かと難しいですね。

河合　だから、ちゃんと役割を守っていたらいいけれど、なかなかそうはならなくてね。「俺は、どこどこのグループに入ってたんだ」とか、「誰それの知り合いだ」とか。そうすると危なくなるんです。

吉本　私の親友に、特に何もしてないのに、みんなからすごく必要とされている人がいます。好きなところ、日本とかフランスとか、好きなところに住んで、そのときどきにバイトして暮らしているのですが、まわりのみんなに「いて」って言われて生きている。でも、特に何もつくってはいないんです。就職もしてないし。考えてみたら、すごい人ですね。

河合　そういうタイプの人、いますよ。

吉本　やっぱり、そういう人が必要なんですね。

河合　天性の触媒みたいな人がいますよね。触媒は何もしないけれど、触媒がなかったら反応は促進されない。ぼく自身も、わりと触媒的です。触媒にしては、たくさん本書いてるけど。毒にもクソにもならないものを（笑）。ぼくの才能は、「触媒になること」かな。

吉本　何もしなくても、仕事に就いていなくても、人びとをこんなに幸せにしている人たちがたくさんたくさんいるのに……。そういう人たちが生きていきやすい世の中になるといいですね。みんな真面目《まじめ》だから病気になっちゃうという側面は、ありますよね。

河合　あります、あります。

吉本　慰めではなく、「まだ、ご両親は働いているんだし、若いんだから何年間入院していたっていいじゃないの」と言っても、「いや、それじゃいけない。はやく治って、なんとかしなきゃ」って。そう思うから、ますます、そういうふうになっていっちゃう。だから、もし、そういう罪悪感のようなものが、心からなくなったら、この人、もしかして治るんじゃないかと。「病院から書いています。私は親に迷惑ばっかりかけて、死にたい」といったお手紙をもらうことがあります。「親は、あなたが思うほど迷惑だと思っていないと思うよ」と言うんですが、やっぱりみんな真面目な気持ちがありすぎちゃうから、そうやって具合が悪くなっていく。日本特有の病気のなり方というか。

河合　そうなるのは、だいたい生真面目な人ですね。でも、この頃は、真面目がおかしいということがわかってきたから、「何もできないくせに、真面目でもない」という人が出てきた。

吉本　（笑）

河合　本当に、取り柄がなくなってきた（笑）。

この時代を生きる

吉本 先ほど、時代によって生き方の流行《はや》りがあるとおっしゃっていましたが、それは年代によって、ということではないのですか？

河合 時代によって、でしょうね。ぼくはあんまり世代論に関心がないんです。というのは、ぼくの職業がそうでしょ。そういう変わらないところばっかりを見る職業やからね。変わるのは、そんなに大事じゃないことが多いから。日本人なんて、ある意味においては、それこそ神代以来ほとんど変わっていないといえる。それはどこの国でも同じで、人間が変わるというのは、ものすごいゆっくりしたペースだから。

たとえば若者というのは、どんな時代でもなんらかの意味で年寄りを脅かさないと面白くない。その脅かし方のパターンは、いろいろありますよ。江戸時代、旗本の息子たちなんてむちゃくちゃやっていた。いまの茶髪どころじゃないでしょ。それはよく言われるように、何十年も前から「いまどきの若者は……」と苦言を呈されているわけですよ。反発のタイプは時代の流行りによって違うけれど。だから、あんまり変わってないといえば変わってない。

吉本　でもいま世界のなかで、たとえば死刑の執行現場をみんなで喜んでワーッと見ているようなところはないですよね。かつてはありましたが。それは「変わった」ということではないのですか？

河合　その代わりに陰険な殺人は増えてるわけですよ。考えたら、バブルを引き起こして、それが潰《つぶ》れたら責任も取らずに、責任を全部、中年の男に取らせて自殺させてるというのは、見ようによったら殺人ですよ。そういう殺人は増えて、そのときそいつらはワーッてやってるわけ。

吉本　心のなかで。

河合　そう、心のなかで「あの弱いやつが死んだ」と思ってる。本当は自分が殺してるわけですよ。昔みたいに、目に見える形で殺すということが減って……。

吉本　ちょっと複雑になっているだけで。

河合　拍手喝采《かっさい》することは、なくなっているけど、心の動きとしては、人を殺して拍手しているやつはたくさんいる、とぼくは思っているんですよ。みんな似たようなことやっとると。

吉本　じゃ、変わってないんですね。

河合　そういう見方をするとね。で、昔の方が目に見える形が多いんですよ。

吉本　首はねちゃったりして。

河合　そんなことは、いまの人はしないだけで。内面的に見れば……。いま「姥捨《うばすて》山《やま》」はないけれど、ほとんど似たようなことしてるでしょ。「お父さん、あそこの病院はいいから」なんて言って、捨てに行くわけでしょ（笑）。ものすごく親孝行みたいに見えるけど、実は……。姥捨山よりもっとひどいのは、昔だったら、捨てられる方は泣いたり怒ったりできたけど、いま、できないでしょう。「ありがとう」って言わないかんから。「すまんなあ」とか言うて。本当は腹のなかで「ばかやろう」って言いたいんやろうけど。昔の方が、よほどすっきりしていたとも言える。そういう「パターン」は、なかなか変わらないんじゃないかな。昔の方が、あっさりしとったんとちゃうかな。これからの世の中は、そういう形での殺人とか、違う形でのコントロールとか、そういうのが、ものすごく増えてくるんじゃないですか。

吉本　そうですね。

河合　見える範囲では、なんにもコントロールされず自由であるし、むちゃくちゃなことはないように見えているけれど、内実は同じだから、それに急に反発する役割を「負わされた」人は、実際に不可解な殺人を犯してしまう。社会はその人が、むちゃくちゃ悪いかのように言うけれど、そう簡単には言えないと思う。名古屋の少年が起こした五千万円の恐喝、あのズルズルズルズルいってしまったやつ。あのとき、新聞記者がぼくのところに話を聞きにきて、「こんなひどいことはない」と言うわけ。五千万もの金をズルズルと。でも、形は違えど二千億までやったやつもいる。こんなのが多いんです、日本は。同じパターンが、そういうところに出てきてる。五千万円の方が話題になって、そいつらがすごく悪いように言うけど、そう言ってる人たちのなかに、もっと悪いことをしているやつがいる。だから、何も変わらんといえば、変わらんといえるし、また、違う言い方をすると、そういうことにもう少し鋭敏になって、そういうのを防ぎたいという気持ちもあります。

吉本　作家にとって「どう生きていくのか」ということと「どう書いていくのか」ということが、ものすごく一致してきちゃう時代だなあ、といま思っています。たぶん、もう少し前、そう、二十年くらい前だったら、もうちょっと気楽だったというか……。たとえば、夢見がちな一人の三十代後半がいて、その夢みたいのを書き綴《つづ》って本にしていれば、ご飯は食べていけるような時代だったけれど、いまはもう違う感じになってきちゃいましたよね。その運命みたいなものは、外から来たのか、自分でつくったのかはわからないのですけれど。そういうふうになってきていることは、ひしひしと感じます。だから、読者が作品を読んでいる間だけでも、その人の気持ちを自由にすることができないと、作家には、あまり存在意義がないのかなあと思うんです。その自由というのは、気分をよくするということだけではなくて、気分が悪いことも含めて、怖さとか、いやなところも含めて、自由というものを書けていないと、だめ……、だめなような気がするなあ。でないと、読んで、ただ時間をつぶしただけの小説になっちゃう。若い人たちの悩みを見ると。これまで書いてきたようなものを書いても、もうだめな時代なのかなあと思います。悩みというか、そのつらさが、なんとなく伝わってくるんです。「つらくてしょうがない」という感じなんですよ。「そんなに言うほどでもないんじゃないの」とも思うのですが、やっぱり、希望が持ちにくくて、つらくてしょうがないんだろうなあ、と思うのです。だから、浮き世離れしたところで、チョロチョロっと夢みたいなことを書いていても、だめなんだなあ、と。そういう感じとしか言えない。なんで、いま、そういうふうに思っているのか、自分でもわからない。それじゃあ、もう、その人たちを納得させることはできないなあ、と。そんな感じなんです。

河合　「だから、どうしよう」という感じではなく……。

吉本　いや、「だから、どうしよう」という感じですね。だから、どうしようという感じ。

河合　さらに、そこへ向けて書きたいという……。

吉本　そうですね。でも、そういうふうに書いていくと、どんどんどん、国籍も越えて、年代も時代も越えた作品になっていくと思う。そうなっていけたら、いちばんいいんです。寓話《ぐうわ》みたいなところまでは行きたいなあ、生きてる間に。七五パーセントのエネルギーをしがらみに注ぎながら（笑）。

河合　もうだいぶ国籍は越えてるし、世代もだいぶ越えてるんと違いますか。年輩の方も読んでるんじゃないですか？

吉本　そうですね、特にイタリアではそうです。

河合　そうでしょう。そう思います。

吉本　よく、たとえて言うのですが、山小屋みたいなところに登山に来て、泊した人が、そこにある私の本を見つけて読んでくれる。表紙なんか擦り切れていて、誰が書いたのかわからないけど思わず夢中で読んでしまって、「けっこういいものを読んだなあ」となる。その人は翌日、本のことは忘れて、また旅に出るのだけれど、夕焼けを見たときなどに、「あれ、これ、本で読んだんだっけ、自分で体験したんだっけ」とか、「あのときに、確か本で読んだなあ」というふうに、その人のなかにちょっとだけ、でも深く残るものを書きたいんですね。そういうのを目標にしています。それは自分の意識のなかだけで目標にするだけじゃないんです。いまの時代の空気を吸ってるし、せっかく日本に住んで若者たちと接したりしているのだから、困った人や苦しい人にも向けて書きたい。そういう人たちが読んで、ちょっと気持ちが楽になるものを。いつもいつも、自分が苦しかったものだから、そう考えますね。「社会を変えていこう」と声高に言うのは私の仕事じゃないから、そっちには行かないんですけれど。でも、あんまり真面目《まじめ》に考えすぎると疲れちゃうから、適当に、自分も楽しく、生活のなかでは手も抜いて。でも小説は、もっときちんと書いていきたいと思っています。

II

往復書簡

「質問に答えてください」

吉本ばななさんから河合隼雄さんへ

河合先生にお会いしていると、なんとも言えなく頼もしく心強いだけではなく、何かのプロに接しているというぴりっとした厳しさをひしひしと感じます。

ネイティブ・アメリカンの村で何よりも敬われる「歳《とし》をとった人」みたいです。河合先生を想定すると、彼らが年長者をどうしようもなく畏《おそ》れ、尊敬し、愛している感じがよくわかります。河合先生は、いつでも、隙《すき》がないのに暖かく、力強い。

いままで、河合先生にどうでもいいようなことを訊《き》いた人はあんまりいないかもしれない、と思って、本当にどうでもいいような、いくつかの質問を考えてみました。あまり乗り気になれないものには、一行のみとかノーコメント、あるいは「乗り気になれない」と書いてくださってけっこうです。主に、気持ちのなかにある風景についての質問です。

気持ちの風景について訊きたいと思ったのは、河合先生のフルートの音を聴いてからです。先生の大きな体にフルートは小さく見えた。しかし、そこからは悲しいような優しいような、深くて繊細な音が出てきました。

私は対談が苦手です。いつも思ったように話せません。今回も、何回話しても、自分の思うことは伝えられなかったです。だいたい、私の知っている全《すべ》ての人が河合先生を好きです。そして尊敬しています。だから会えるだけでも満足してしまう、それが私の正直な気持ちで、たとえ全身でぶつかっていってもまったくかないません。河合先生の歳になったとき、若い人にこんなふうに思ってもらえるような、そういう人間になることだけが、恩返しです。

でも、いまの私にできることが、この質問です。この質問は、私から河合先生への、色っぽくないラブレター、そして感謝の気持ちです。

吉本ばなな

河合隼雄さんの回答

質問状ありがとうございました。この質問を見てまず感じたことは、自分がいかにええ加減の人間か、ということです。何かにつけて、「これが好き」というのがあまりないのです。と言って、好き嫌いがないかと言えば、相当にはっきりと（特に嫌いということが）あります。しかし、それはたとえば、「〜の花が嫌い」というのではなく、そのときの状況によって、好きになったり嫌いになったりするので、始末におえないのです。

というわけで、あまりうまくは答えられないかもしれませんが、精一杯ちゃんと答えることにします。根はたいへんマジメなのですね。

河合隼雄

Q（吉本） これまでに見た夕焼けのなかで、印象的なものをいくつか思い出してみていただけますか？　それは、いくつのとき、どんな場所でしたか？

A（河合） 日本もそろそろ戦争に負けそうになった頃、東京に在学中の兄（すぐ上の兄・迪雄《みちお》）が、無理をして帰宅。二人で夕方に散歩して篠山《ささやま》城へ。夕暮れのひとき、すべてのものが紫がかって見える一瞬に、素晴らしい夕焼けを見ながら兄が、「一緒に夕焼けを見るのも、これが最後かな」と言いました。空襲の烈《はげ》しい東京に戻ってゆく兄の覚悟がしっかりと伝わってきましたが、「死ぬのが怖くてたまらぬ」。

私はひと言も言えません。黙って太陽が沈むまで、ずうっと篠山城の石垣の上に立っていました。一生忘れられない夕焼けです。

Q　好きな花はなんですか？　その理由と思い出があったら、教えてください。

A　花は、ほとんどの花が好き。特に、というのはありません。

Q　自然のなかで思い切りフルートを吹けるとしたら、どんなところですか？　高台？　草原？　案外スタジオだったり？　そしてそのときに、どの曲を選びますか？

A　フルートは、自然のなかで吹いてもパッとしません。やっぱり室内です。結局は自分の部屋で、日本の童謡を吹くくらいのことでしょうか。

Q　いままでに泊まった外国のホテルのなかで、特に好きなところはどこでしたか？　実名でなくても、国の名前とその感じだけでいいです。

A　イタリーのアッシジの小さいホテル。名前は忘れましたが、アッシジの町自体が素晴らしいし、こんなところに一か月ほど滞在して、明恵上人《みょうえしょうにん》と聖フランシスコのことなど考えて、ぶらぶらとしているといいな、と思いました。

Q　幸福、という言葉を聞いて思い出される雰囲気や景色や色や感情や……なんでもイメージすることを教えてください。

A　家族と飲んだり食べたりして、馬鹿《ばか》話をすること。

Q　動物との間に思い出はありますか？　何かひとつ思い出せることがあったら教えてください。

A　中学生だった頃、生物の先生に、やたらに蛙《かえる》の解剖の好きな人がいました。それで、生物の時間には必ず蛙を持ってこさせる。私はそれがいやで、故意に忘れてゆくのですが、あまり忘れてばかりで、先生ににらまれるのも困るし、ときどきは持ってゆくのですが、できる限り解剖は避けて、時間が終わると校庭に逃がしてやりました。

死後、地獄に落ちて血の池に沈められたりしたとき、蛙が助けに来てくれるかなあ、と期待しています。

Q　海と山とどちらがお好きですか？　その理由は、どういう思い出からできていますか？

A　どちらも好きです。しかし、海で泳いだり、山に登ったりするのではなく、ぼーっと見ているのが好きです。

Q　はじめて外国に行ったときの気持ちと思い出を何か教えてください。

A　フルブライト留学生として、一九五九年にはじめて渡米。プロペラ機でハワイへと向かう途中に、給油のためウェーキ島に着陸。ここで朝食を食べましたが、英語が下手だったので、これからは英語を話さねばならぬと思うと、「敵前上陸」のような悲愴《ひそう》な気持ちでした。

Q　いままで働いた仕事場のなかで、好きだった場所とその印象を教えてください。

A　かつて勤めていた国際日本文化研究センターの所長室。窓外の景色がよくて、四季折々の変化を楽しめます。ここに上等のソファーがあれば最高だと思います。

Q　対談中、オフレコの部分でふと河合先生が「(男と女は) あんまり好きすぎたら一緒に暮らすのは難しい」というようなことをおっしゃったのですが、覚えていますか？　ものすごく印象深い言葉でした（文学的見地から……）。それについて、何か思うところがあったら教えてください。

A　男女があまりにも好きになると、一体感への希求がやたらに高まり、何から何まで「ひとつ」でないと収まりがつかなくなります。そして、そのような生き方は一緒に住んでいると長続きしないのです。残念ですが。

Q　いちばん最近行った旅行はどこですか？　どんな旅でしたか？

A　あちこち飛び歩いていますが、「旅行」という感じではありません。そんな意味で言うと、最近の「旅行」は、アメリカ・アリゾナ州のナバホの人たち——特にシャーマン——を訪ねた旅です。二〇〇〇年八月に十日間ほど滞在しました。シャーマンたちが印象的で、深い経験をしたと思います。この旅行記は、『ナバホへの旅　たましいの風景』（朝日新聞社）として刊行されました。

Q　ご自宅の近所でいちばん好きな場所を教えてください。

A　近くに西大寺《さいだいじ》があり、そこの境内が好きです。それほど多く観光客も来ませんの

で。

Q　関西弁で話すときと、英語と、標準語で話すときには頭のなかで何か変化が生じますか？　ちなみに、私の関西の友だちは、こぞって「人格が違う気がする」と言っています。

A　私が標準語で話をしても、英語で話をしても、関西弁に聞こえてくるようです！　そんな意味では、私の心ではあまり変化はないようです。厳格な意味での標準語はしゃべれませんが、意識して標準語で話をするときは、ヨソユキになっているときです。

Q　もしも、万が一いまのお仕事についていなかったら、何になっていたと思いますか？　その職業のなかで、何をしたかったと思いますか？

A　心理療法家以外の職業につくことは、考えられません。もし、なっていなかったら、どこか変になっていただろうと思います。

Q　好きで好きで食べだすと止まらなくなってしまう食べ物を教えてください。

A 食べ物は好きなものが多いですが、「止まらなくなってしまう」ほどのものはないようです。まだ物のなかった独身時代、甘納豆など食べだすと「止まらなくなってしまい」ましたが、幸いにもそれほどたくさん買えなかったので。

Q 恋をして夜も眠れなかったことはありますか?

A あります。

Q 幽霊を見たり、いると感じたことはありますか? もしくは、いるだけでぞっとしてしまった場所はありますか? もしあったら、そのときのことを少し教えてください。

A 幽霊を見たり、いると感じる人のあることは事実ですが、私には残念ながらありません。いるだけでぞっとしてしまう場所というのもありません。私の生活はごく普通のことが多いです。夢では面白い体験をしていますが。

Q 理想の朝食はどんな感じですか?

A あまり注文はありません。毎朝食べている朝食が理想に近いです。果物、手製の

パン、玉子かソーセージ、ハム、チーズなど、その日によって異なる。そして、紅茶。

Q　お風呂《ふろ》などで、つい口ずさんでしまう歌はなんですか？

A　鼻歌はしょっちゅう歌っていますが、決まったものはありません。伝説によれば、私がはじめて高校に就職したとき、校長先生が紹介してくださっている間、私は鼻歌を歌っていたとか。もちろん「君が代」ではありません。

Q　国内で、仕事抜きで旅行したいところはどこですか？　そしてそれは、どういういいところがあるからですか？

A　日向《ひゅうが》の高千穂。いま日本の神話のことをあれこれ考えていますので。熊野《くまの》も行ってみたいです。日本人の宗教性を考える上で、そこの雰囲気を感じてみたい、と思っています。

Q　ひとつだけ、ちょっと興味があってとても個人的な質問です。奥様の「ここだけは尊敬する、偉大だと思う」ところはどこですか？

A　たくさんありすぎて言えません！

Q　新幹線のなかに「あったらいいな」と思う設備はなんですか？

A　フルートの練習ができるところ。

Q　何かがあると思い出してしまう好きな言葉が、もしもあったら教えてください。ちなみに私のは「来たときよりもだらしなく」です。

A　「ふたつよいことさてないものよ」
　これは私の人生を支えてきた言葉です。

Q　好きな果物とその思い出を教えてください。

A　子どものときに食べて、こんなおいしいものがあったのか！　と大感激。こんなものが腹いっぱい食べられたら死んでもいいほどに思ったのが、パイナップルの缶詰。いまではパイナップルもすぐ手に入りますが、やっぱり好きです。ハワイで熟したパイナップルをたくさん食べて感激しましたが、死ぬ気にはなりませんでした。

Q　いままでに三回以上読み返した本を一冊でいいので教えてください。その本の何が、河合先生を力づけたり、慰めたり、あるいは気分よくさせたり、考えさせたりしたのですか？

A　井筒俊彦《としひこ》『意識と本質』（岩波書店）。私はあまり思想的、哲学的ではありませんが、この本は私の仕事の哲学的なバックボーンになっていると思います。そのうち、また端から端までゆっくり読んでみようと思います。全部を自分のものにするのは時間がかかります。

河合隼雄さんの回答を読んで

丁寧にお答えいただき、どうもありがとうございました。ものすごく面白かったです。どんなことが河合先生を楽しい気持ちにさせるのか、人生のなかにどんなすてきな風景があったのか、その一端を垣間《かいま》見ることができて、嬉《うれ》しかったです。

血の池で蛙たちに優しくされる河合先生を想像してじんときました。それから私の幼なじみでパイナップルが大嫌いで、給食の時間に何がなんでも残しては先生に殴られていた女の子がいました。その子は「パイナップルを食べるなら死んだ方がましだ」と言っていました。世の中はままならないものですね……。

さて、河合先生からの、この謎《なぞ》の（特に蝶《ちょう》と蛾《が》……？）質問たちに答えることがちょっと恐ろしい私です。私の全《すべ》てがこの九個の質問に答えることで浮き彫りにされてしまったらどうしよう！というのは冗談ですが、どうしてこのような質問を思いつかれたのか、いつかまた教えてください……。

とにかく心をこめてお返事いたします。

吉本ばなな

河合隼雄さんから吉本ばななさんへ

次の質問に答えてください。答える気の起こらぬものは、答えていただかなくてよろしいです。

Q（河合）　好きな書物、著者があれば教えてください。

A（吉本） 特に作家としてここまで到達したいと目標に思いながら繰り返し読むものは、アイザック・B・シンガーの『短かい金曜日』（晶文社）です。
頭と体を酷使してしまったときに読むのは、ロバート・C・フルフォードの『いのちの輝き』（翔泳社《しょうえいしゃ》）です。九十過ぎた伝説のオステオパシー（整骨療法）医がこれまでの経験を生かして健康と生命について語っている本です。健康というもののデリケートさと大ざっぱさの微妙なバランスを、読むだけでとり戻せる気がします。
さらにいんちきっぽいニューエイジ本などをまとめて読んで疲れてしまったときは、カルロス・カスタネダの『未知の次元』（講談社学術文庫）を読みます。これは奇妙な本ですが、ここにこめられている考えのある種の厳しさが、毎回私をはっとさせて身をひきしめさせるので、書いてあることの疑わしさとはまったく関係なく何回も読み返します。

Q フルートはどのくらい練習されますか？ いつかデュエットをお願いします。

A ああ！ フルート！ 一日五分もできればいい方でしょうか。いまとなっては、なんで自分がこの楽器を習っているのか謎です。でも、地道に続けてはいます。
四年くらい習っていて、いま課題曲はやっと「ゴッドファーザー 愛のテーマ」

です……。私のレベルがどのくらいかおわかりになりましたか？　デュエットまでの道のりは遠そうです。

Q　音楽はどんなのが好きですか？　作曲家では？

A　音楽はなんでも好きです。ほんとうになんでもいいのです。ロックもパンクも演歌もなんでも納得して聴きます。ただ、仕事中や家にいるときに自分からわざわざかけたりはあんまりしないので、人に勧められたものやちょっと聴いていいなと思ったものを車のなかなどでたまに聴いています。クラシックはまったくわからないです。でも好きです。

関係あるかどうかわかりませんが、子どもの頃いちばん執着したのは「ゆかいなかじや」、たしかヘンデルだったと思いますが、あまりにもこの曲が好きだったのでハープシコードを習いたかったほどです。何万回聴いたかわかりません。鼻歌で歌えるほどです。

Q　もし生まれ変わるとすると、何になりたいですか？　何にはなりたくないですか？

A　生まれ変わったら、男になりたい。そしてやはり作家になりたいです。男の視点から思い切りいろいろ書いてみたいです。そして女のときに書いたものと比べてみたいです。そして、世界を放浪しながら原稿を書きたいです。なりたくないのは、寒いところとか湿ったところに棲《す》む生きもの。まあ、苔《け》とか、トナカイとか、だんご虫とかです。

Q　蝶と蛾はどちらが好きですか？

A　圧倒的に蛾が好きです。なぜか小さい頃からそうでした。かわいいと感じます。数年前も、窓に産み付けられた蛾の卵が陽に透けているのを見て「大きくなれよ！」と思って涙ぐんでいる自分に驚きました。蝶は、たくさん花のある景色のなかにこれでもかというくらいたくさんいるのを見たときには感動しました。あまりにも全てが色とりどりで「まあ、天国みたい」と思えるところが好きです。が、あの、蜜《みつ》を求めて必死な様子を見ると、なんとなくげっそりしてしまいます。

Q　張り倒してやりたいほど嫌いな人、ありますか？　どんな人ですか？

A　動物を自分の趣味でいじめる人です。猫を殺したり、盲導犬を蹴《け》ったり……。ああいうのを見て反射的に感じる怒りの量は、自分でも驚くほどです。カモを撃つとか、毛皮のためにミンクを殺すとかもあまり賛成しませんが、何よりも自分の楽しみのためだけに、すっかり信頼関係を築いて人間社会にとけ込んでいるような種類の動物を傷つけたり殺したりするのは、許せません。

Q　子どもの頃の思い出で、印象に残っていることをひとつ、語ってください。

A　父と散歩をしていて、公園で巨大な蟻《あり》を見たことです。虫ネタが多いですね……私。父と手をつないで階段を上りながら、二人とも足下を見て列になっている蟻を数えていたら、茂みから急にすごくでっかい蟻が出てきたのです。十五センチくらいはありました。私は「これは夢ではない、すごいものを見てしまった！　忘れてはいけない！」と思ってメモに書いたほどです。五歳くらいのときでした。父は、あまりにも変なものを見たからか、そのくらいの大きさはあり得るだろうと思ったのか、すぐに忘れたようです、それも不思議……。

Q　結婚したいと思いますか？　これは訊《き》いてはよくないのかな。

A　しています、結婚。

でも、この質問のなかの結婚というのがもしも入籍のことなら、もうあきらめました。

自分の決めた以外の要因が人生はたくさん働くものだなあ、と思います。この役割というか、知名度というか、収入というか、全てがいま、日本社会で私が嫁に行くにはマイナスに働くのです。で、いっそ婿《むこ》養子がほしいなあ、とか自分に置き換えて考えると、男性がいかに嫁をもらうことにイージーであるかよくわかるので、さらにそのシステムに疑問を感じ、もう芸術家としてとおしていったもの勝ちだという結論に達しました。三十七歳にしてやっと。

でも、つまらないので、事実婚というのはしました。神社で式だけして。

そして、結婚してますか？　と訊かれたら、してますと答えるようになりました。それまでは、どんなに親しく付き合った人でもそういう言い方はしなかったので、やはり自分のなかで明らかな区別がなされているようです（人ごとみたい……）。どうせ身ひとつ、看板一枚で生きていくつもりの覚悟を決めた人生なので、今回は（次回があると信じつつ？）それだけでじゅうぶんです。比較的穏やかなこの状態にすごく満足しています。

吉本ばなな

Ⅲ

仕事のこと、時代のこと、
これからの二人のこと。

存在を認める

吉本　いままでは考えられなかったような「世代の違い」を、いまはじめて体験しています。いまの若者たちで気になるのは、映画やテレビのなかの出来事を本当だと思っていることですね。テレビゲームとか、ちっちゃい頃から本気でやってるからでしょう。それが、いいとか悪いではなくて、「本当のことだと思ってるんだ！」と。そういうこと、ありませんか。本当と嘘《うそ》がわからなくなっちゃう人たちが……。

河合　本当だと思っている人、たくさんいますよ。

吉本　ちっちゃい子たちも、四、五、六歳の。

河合　ええ。いまの子どもたちが、ちょっと気の毒なのは、自分が考えたり判断したりする前に、いろんなものが先に入ってくることですね。しかも、「これが本当」という形で入ってくるから。

吉本　それは、あとからなんとかなるものなんですか？

河合　そんななかで、「おかしい、おかしい」と思っている子たちが苦労しているわけです。それに乗っていくような子は、まあまあ。現代ではテレビがあるために時代精神というものがつくられて、みんなその時代精神に乗るでしょ。昔だったら、流行に乗る人は少数だった。いまは、それをみんながテレビで見てるわけだから、何が流行かとか、何がメインか、メジャーかというようなことを過剰に意識する。そうすると、学校に行っても、みんなが見ているようなメジャーなマンガの主人公を知らなかったら、おいてきぼりをくってしまう。

吉本　そうなんでしょうね。

河合　ぼくらが子どもの頃には、そういうのはなかったですから。まあ、双葉山《ふたばやま》くらい有名になれば誰でも双葉山のことを話題にしていたけれど。いまは流行を、「これが本当」という形でみんな受けとめているから、たいへんやねえ。ぼくら臨床心理士は、そんなんはともかく、「あなたは自分の足で立ち、自分の頭で考え、自分の心で感じる方がおもろいんでっせ」ということを伝える役割をしている。みんなが、そういう一人ずつのストーリーを持ちはじめれば面白いんだけれど、その前にもう、ワーッとやられているわけでしょ。

吉本　そうなんでしょうね、きっと。情報の嵐《あらし》が。

河合 それで、みんながそう言うてるなかで、自分だけが違うことを言うというのは、ものすごくたいへんだからね。強い子は、みんながワーワー言うなかでも平気で違うことを考えたりしているけれど、それのできない子や、「何やらおかしい」とだけ思っている子は、黙ってるか引っ込むしか、しょうがないでしょう。あるいは学校へ行くのをやめてしまうか。

吉本 学校って、ずっと行かないと、どうなっちゃうんでしょう。義務教育を受けないと、日本ではどうなるのですか？

河合 義務教育は「義務」なので受けねばならないのですが、この頃は、いろんな便法があって、みんなが思うよりも遥《はる》かに自由になってきました。

吉本 じゃあ、あとになってから、たとえば中学校なら中学校を出たというような勉強も……。

河合 ええ、できるようになりました。それに大検というのがあるでしょ。いまは大検が、すごく通りやすくなりました。大検通って大学へ行くのもいい。それから三年、四年遅れて高等学校に行く子もいる。もう、それは、すっごいバラエティが出てきました。

吉本 それは、学校に行かなくなった人たちが増えてきたからですか？

河合　そういった現状を文部科学省が認識したから。いまは文科省の方が、そういう現状をオープンにしてるんだけれど、それ以外の、かえって昔のことを考えているような人たちが、それを知らなくて、「こうせい、ああせい」と言ってくる。そういう点では、自分のペースで生きていくという生き方が、昔よりしやすくなっています。それは、いいことです。

吉本さん自身も「このまま学校に行かなかったら、どうなっちゃうんだろう」と思いましたか？

吉本　うーん、七五パーセントをはみ出さないように気をつかうことに費やしていましたから、学校に行くんですね、頑張って。「やだなあ」と思いながら。よく頑張ったと思います。いま、もう一回やれと言われたら、引きこもりか自殺未遂か、どっちかじゃないでしょうか。あの頃にかえって、もう一回やれって言われたらですよ。恐ろしいと思いますもんね。

河合　学校に行く子と行かない子の違いで、いちばんわかりやすいのは、両親が認めているかどうか。あるいは家族が。誰かがね、誰かが認めてくれていれば……。

吉本　うちの家族は、あまり認めてくれてなかったような……。

河合　いや、普通の家庭よりは認めていたんだと思いますよ。そうでなければ、もっ

と非難するでしょ。「あれせい」、「これせい」とか、「だめだ」とか。それを言わないんだから。

吉本　「学校に行きたくない」ということを、親の前では、おくびにも出さなかったんです。だからといって、さぼってどこかに行っちゃうほどの勇気もなく……。でも、そういう人が大多数ですよね。

河合　先日、新聞の雑文に、子ども時代の夏休みのことを書きました。夏休みになると、「午前中は勉強をする、午前中勉強したら、あとは好きに遊んでいい」というのが、うちのルールだった。で、夏休みが終わるときに、宿題がほとんどできていない。八月も二十五、六日くらいになってきたら、いつも母親が「あなたは何をしてたの」と言うわけ。で、ぼくも何してたんかなって思うけど、何もできていないことは事実なんですよ。それが、さぼってどこかへ行っていたというわけでもないし、隠れてマンガを読んだりしていたわけでもない。ちゃんと机には向かってるんだけれど、いま考えると何もしていなかったわけ。ぼーっと考えごとをしていただけで。最後の土壇場《どたんば》になってくると、あのころ工作のことを手工《しゅこう》と言っていたけど、手工とか、そんなものは兄貴や母親が手伝ってくれてね。全員の合作で出して入選したりしてた。そういうふうに、うんと依存していたので、最近は自立的になって、

ちゃんと自分で原稿を書くようになった、と書いといたんだけど（笑）。そのときに……。

吉本　厳しく言われたり……。

河合　そう、あんまり厳しく言われてたら、だめだったんちゃいますかね。どっかで存在を認められていることが大切なんです。

吉本　そういうのがあると楽ですね。

河合　それが大きいと思うんですよ。それがなかったら、自分がウロウロしますよ。

吉本　私も、夏休みの宿題をぜんぜんやっていなかったときに、絵が得意な姉が「海の生物たち」という絵をかいてくれたことがありました。「ありがとう」って、学校へ持っていったのですが、提出するときに見てみたら、クラゲなどの絵の横に、全部「さしみ醬油《じょうゆ》で食ったらうまかった」って、お姉ちゃんが書き足してた（笑）。「カツオノエボシさしみ醬油で食ったらうまかった」。それで先生にすごく怒られて、「ああ、やっぱり人をたのみにしすぎちゃいけないんだ」と勉強になりました。とても素敵な思い出なんですけれど、ほんとに、そのときはどうしようかと思った。

河合　ばななさんのようにつらい経験をしている人たちが世の中にはたくさんいるけれど、ばななさんは、なんで登校拒否にならなかったの？

吉本　きょうだい関係が世知辛かったから（笑）。いや、そんなことないです。生き馬の目を抜くような、家庭環境だったから（笑）。そんなことないんですけれど。私の場合は、「小説を書く」という目標があったからでしょうね。

河合　すごいね、それは。すごいことですよ。

吉本　それだけが、たぶん。

河合　ぼくの場合は、やっぱり家族に救われていると思いますね。

吉本　うちの家族も、「就職しなさい」とか「見合いをしなさい」なんて言わなかったし、そういう意味では……。

河合　そうそう、一般の人が言うことを言わないというのは、すごいことなんですよ。

吉本　姉も私も漫画家や作家になったからいいようなものの、親としては最も勧めにくい職業ですよね。「漫画家になりたいんだよね」、「小説家になりたい」、二人そろって、そんなこと言っていたら、「この人たち、心配」と思って、一般的な仕事を勧めたりしたと思います。私が親ならすると思う。そういうことに関しては、黙っていてくれた。それには本当に感謝しています。そのことで家族と闘わなくて済んだことは、ものすごくよかった。納得させるために修業の旅に出るとか、書生になるとか、そういうことをしなくてよかったのは、すごーくありがたかった。

河合　親が子どもの存在を認めてあげればいいのに、親のアイディアに入れ込もうとする。「○○大学に入れ」とか「○○に就職しろ」とか。それで潰《つぶ》されている子、だいぶいるんじゃないですかね。

家族再考

吉本　私の知り合いに、ほんとにはんとに心のきれいな子がいるんです。二十歳くらいなのかなあ、ものすごい自由奔放に生きているようでありながら、実はいろいろな制約のようなものを抱えている。親も若いから、自分たちのことで手いっぱいで、放ったらかされて育ったんですね。でも心だけはきれいなままに、ストーンって二十歳くらいまでになっちゃった子がいるんです。たとえば、その子と会う約束をすると、私と一対一で会うのがすごく嬉《うれ》しくて、前の日、緊張して眠れなくなって、その緊張のあまり私に会うのがいやになっちゃうんです。「明日会える」と思ったら緊張しすぎちゃって、いやになっちゃって、でも行きたい、でもいやだなって。で、遅刻しちゃうんですよ。私が「もう、遅いなあ」と思って待っていると、「ごめんなさい」がちゃんと言えなくて、「ごめん、〇〇したから遅くなっちゃったあ」としか言えない。そういうふうに甘えるしかできなくて。私が「遅刻はだめだよ」って言うと、すっごいしょげちゃうんですよ。もう、考えすぎだっていうくらいにしょげちゃって、会っている間じゅう、ずーっとそのことを気にしている。それでおうちに帰ってから、夜中に、「ほんとに今日はごめんなさい。遅刻してごめんなさい。嫌いになった?」って電話かけてきたりする。普通に考えたら、二十歳でおまえ、それはないだろうって気がするんだけれど。でも、この子はたぶん誰からも、親からも「大事な人に会うときは、緊張するから遅刻したくなっちゃうけれど、しない方がいいよ」って、教わったことがないんだなあっていうことが、よくわかるんです。いまの親の世代、私たちくらいの三十五から四十歳くらいの人たちは、みんな自分のことばっかり考えて生きてきた世代だから、子どもたちは、ちょっとかわいそうだなあと。

河合 みんな自分たちの経験を次の世代に継承するということを捨てすぎた。

吉本 自由ならばなんでもいいと思っていたんだと思う。

河合 昔は、その逆で、なんでも親の言うとおりにやらされたわけでしょ。その反発から、今度は親の経験を子どもに伝えるということを捨てすぎた。そうすると、いま言うたような子が出てくるわけですよ。本当によくわかります。『不倫と南米』にもあったね。お父さんが、いっつも遅く帰ってくる話（「小さな闇《やみ》」）。

吉本　あんなような感じ。そのお父さんもそんな感じだし、お母さんもそんな感じ。

河合　いや、もう、そういう人います。ほんとにねえ、大事なときほど遅れるの。それで、遅れただけに、「あんまり大事で緊張しすぎて遅れた」とは絶対言えない。

吉本　どうしても言えないの。恥ずかしいんじゃなくて。

河合　かえって腹の立つようなことを言ったりする。ちぐはぐちぐはぐになって。

吉本　そうすると、「まわりとうまくいかない」ってなって、思いつめちゃうような感じがして。ああ、でもいまの子って、みんなこんな感じかもしれない。

河合　それはありますね。それを簡単に言えば、社会的訓練を受けてないということになる。

吉本　そうですね。

河合　それはなぜかというと、親がさぼってるから。昔は、社会的訓練は完全にパターン化してたわけでしょ。こういうときはこうしなさいと。

吉本　学校でも、ビシッと。

河合　それはもうやめようと。で、やめたはいいけれど、次がない。だから親が「こうしなさい」じゃなくて、もうちょっと「こういうものよ」という話でもしてたらええんやけど。

吉本 でもたぶん、親は自分のことでせいいっぱいだったんだなあと。

河合 そうそう。しかし、ほんとに子どもと話したら、ものすごい面白いんやけどねえ。

吉本 ほんとに心がきれいだから、涙が出てくる。

河合 そんな面白いことを放棄してるというのが、ぼくは残念で仕方がない。子どもほど面白いものはないのに。たとえば学校の教師になって生徒に言うとか、それから職場でなんとか言うたら、みんなある程度の形のなかでやるから、その形でもっていくわけ。ところが家族というのは形がきかないわけでしょ。子どもは「お父ちゃん、何言うとんねん」と言えるわけだから。また、偉そうに言うてるお父さんがさぼってるというのを見るわけで。

吉本 本当のことが伝わっちゃう。

河合 そう。だから、家族っていうのはいちばん面白いと思うんやけどね、本当は。

吉本 それを放棄して、自分の世界を追い求めている。それが個人主義と混じって……。

河合　間違ってる。本来的な個人主義とは違うんです。ぼくの知ってるオーストラリアの人が新聞に書いていたけれど、「日本人の方がコジンシュギだ」と、カタカナで書いている。旅行するとよくわかるけど、欧米の人は家族でよく一緒にしゃべってる。で、楽しそうにやってるけど、日本人の家族はバラバラやと。家族旅行しないでしょ。

吉本　ええ、あまり一緒には旅行しないですね。

河合　この間、日文研（国際日本文化研究センター）に来ているロシアの人が講演されたんだけど、「自分は散歩好きで、娘とよく散歩をする」という話をされて、訊《き》いたら二十七歳のお嬢さんなんですって。

吉本　はあ。

河合　二十歳代のお嬢さんと散歩している日本の父親なんて、ほとんどいないんとちゃいますか。向こうでは、そんなの普通やもんねえ。それが個人主義の国だからできているということが、みんなわからないんですね。個人主義で個人が確立してるから、父親とでも面白い話をして散歩をする。行きたくなければ行きたくないと言えばいいわけだし。でも日本は、行くとなったら絶対行かなければいかん、となる。そういうパターンから入っていくから。そうすると、娘の方がいやがって「行かない」と言う。そういうのを日本人が間違えて個人主義だと思っていると。それは日本だけの個人主義なんです。
吉本 そうかもしれませんね。
河合 もっと考え直してほしいと思う。日本人は、違う意味の家族の面白さをわかるようにしたらいいのに。
吉本 それでいま、若いお嬢さんがみんな子どもを産まない。
河合 それは、わからないからね。で、いままでどおりだったらいやでしょうがないわねえ。
吉本 働いて、子どもも産んで、家事もやって……。
河合 しかも、その子どもと、どっかでパーンと別れてしまうのだったら、意味はないわねえ。
吉本 手間とお金がかかって、でもそれが何かにつながっていきにくい……。
河合 そうそう。「日本人はコジンシュギだ」って書いた人は、もちろん欧米でも、母と子だけの家もあるし、同棲《どうせい》している家もあるし、いろんなタイプはあるけれど、家族をそこまで否定しているところはないと言っている。家族の面白さというものを、みんながちゃんと認めていると。日本はいま、そこを見失っているから深刻だと思う。

吉本　本当に深刻な感じがします。私は、ちっちゃい頃、五歳ぐらいからいまに至るまで、毎年夏、家族で海に出かけていています。でも、思春期にはボーイフレンドができたりして、「海なんて行ってられるか、この夏休みに」と思ったり、ある程度大きくなったら、「そんな時間があったら、ヨーロッパに行ってみたい」とか、いろんな時期があるわけです。いやだけどお勤めみたいな感じで行ってたら、だんだんその価値がわかってきて、いま三十年目にしてはじめて「長い間、行っててよかった」と思っています。親の寿命が尽きてきて自分が老《ふ》けていってるということもあるし、自分にとって第二のふるさとができたということもあるので。

河合　それで、その間に、そういうことを思うのもいいんですよね。それがまた面白い。

吉本　いやだったときもあったなあって。

河合　「『行け』言うた」とかね。そういうことがあるから家族は面白いんで。それを黙ーって行ってるのを家族やと思ったら困る。無理に楽しそうにしたり。あとで疲れたり。いろんなことが起こりながらやっているから面白い。それもまた、日本人はわからなくちゃいけない。しかし、たいしたもんやね、そうして続けたということが。やっぱり、お父さんですか？

吉本　いや、全員の努力（笑）。

河合　全員の努力だろうけど、お父さんが「やろう」と言わなければねえ。

吉本　あと、なんでしょうね。なんであんなに続けたんだろう。よく続けられたなあ。

場所の力もあると思う。おぼれて死にかけてもまだ行ってる（笑）。でも、いまやあそこは、自分にとってふるさとなんです。本当にくつろげる場所で、そういうところをつくってもらったことに対して、どれほど感謝しても足りないほどです。それこそ、自分に子どもができたら縛ってでも毎年連れていく（笑）。「行くべきだ、お前も三十年経《た》てばわかるんだ」って。

河合　ほんとやねえ。ほんと、そういうことが大事。ただ、昔からの日本的家族というのは、だめなんだけれど。

吉本　お父さんがあんまりしゃべらなくて……。

河合　そうそう。あれは、家族というより、家という制度を支える……。

吉本　社会を回していくための単位というか。

河合　そう。それはもう、やめてもいいんだけど。難しいねえ。ほんっとに難しい。時代とともに、どうしても、「家族」の姿は変わっていくわけだけれど、そのへん、どう思いますか？

吉本　私は、人間はマンモスとかを獲《と》って暮らしていたときと、いまでもそんなに変わっていないと思っているんです。やっぱり、人間は家族をつくって、子どもをつくって……ということを連綿と続けてきたわけだから、それをやめようと思ったら、それは人間が終わるときだから。そういうものは絶対になくならないと信じたい。もちろん、そのなかには途中で挫折《ざせつ》しちゃってもたなかった人とか、仕事に打ち込みすぎて一人で一生終わっちゃった人とか、途中で具合が悪くなっちゃった人が、いっぱいいる。そういう人たちも、みんなで持ち回りでやっていけるような社会じゃないと意味がない。「あの人は頑張りすぎて誰も身寄りがいないわね。じゃあま あ、適当にこの辺のみんなで」って、近所の人やらなんやらが、ちょっとずつ面倒を見る。そういうのならいいなあと思います。けれど、基本はやっぱり……。

河合　そうそう、基本がね。

吉本　いま、みんな成熟するのが異常に遅いから。十年引いたぐらいの歳《とし》ですよね、感覚として。私が三十五だったら、ちょうど二十五歳くらいの。

河合　そうやねえ。ほんとに。ぼくなら七十一だから、六十一歳くらい。

吉本　そんな感じですよね。現代はわりあいそんなふうになってきているし、栄養もみんな摂《と》れているし。だから十歳くらい引いた感じで、みんなが成熟していければ、たぶん、そんなにすごく変なことにはならない気がする。

河合 ぼくもそう思います。ただ、そういう家族の面白さといったことをみんな、わからなさすぎて失敗している。金もあるし、うまいことやればおもろいのに、ヘタなことばっかりしてるから、腹立ってきて。「もっと、うまいことやれ」って言いたくなる（笑）。

吉本 とにかく、きれいな感じのマンションみたいのに住んで、そこで小綺麗《こぎれい》に小綺麗にすればなんとかなるという発想があって、で、そこの部屋からは、汚くなったものは全部出しちゃうんです。たとえば、赤ちゃんでも、きれいに生まれてこなかったらポイッて捨てちゃったり、お年寄りでも寝たきりになっちゃったら死ねばいいと思ったり。結局、寝たきりになっても、ボケてても、なんでもかんでも、何か交流があるから、これまで人間の歴史はうまくやってこれたわけで。それを「交流なんてあるわけないでしょ」って、パッて捨てちゃう。だからといって、デンマークみたいに、本当に楽しい感じの老人ホームがあるわけではなくて。ポイッて捨てる、という感じがして、すごく怖い。自分の親が死んでいこうとしているのに、マンションで放っぽっとくなんてことは、人類始まって以来のことなんじゃないでし

ようか。

河合　そうでしょう。

吉本　すごく異常なことがまかりとおっていると思う。

河合　それが楽しいんだったらええけどね、それでみんなぶうぶう言ってるわけだから。馬鹿《ばか》げてる。

吉本　やったことないのになんだと言われてしまえばそれまでかもしれないけれど、そんなに苦しいことばっかりかなあ？　と思って。それは、まわりがあまり持ち回らなくて、孤立してるからだと思う。何か、そういう、障害がある子を育てるとか、老人看護とか、みんな「苦しい、苦しい」と言ってるけれど、「すっごい苦しい」というのではないんじゃないかと思うんです。

河合　実際に、ぼくらはそういう人たちのことをよく知っています。障害を持っている子どもさんを育てている人で、しかもいきいきと生きてる人、たくさんいますよ。

吉本　けっこう笑えることがあったり。

河合　かえって、普通の人よりもいきいきしている。それで、その子の笑顔なんていうのは、かけがえがないからね。ほんっとに屈託がないというか、ニコッと笑われたら、こっちが月給のこととかでけんかなんかしてたら、馬鹿くさくなってくる。

「負けたー」というか。そういうこと言う人いますよ。そういう人を見ていたら、こっちも嬉《うれ》しくなってくる。だからみんな、ちょっとでいいから考え方を変えたらいいのに。

吉本　そうしたらぐっと広くなるのに。なんてことないんだけど。なるべく狭く、狭く、「一生何も起こりませんように」という感じで、「何か起こっちゃったらおしまいだあ」って、びくびくしながら暮らしているのを感じるんです。

河合　それでも、どうなんでしょう、いまの学生でも大学院生でも、ぼくらときどき接するけれど、本当に一生懸命考えている人もいるし。

吉本　いい感じにはなってきていると思う。

河合　「みんなが言うほど悪くもない」と思えるところもある。

吉本　希望的なところもありますよね。

ヒーリングの怖さ

河合　ぼくは、普通よりもたいへんなことが起こっている人とばかり会っているわけですが、そういう人は、もちろんたいへんなんだけれど、普通の人間はどれぐらい困っているのかを、もうちょっと知らないかんかな、と最近思っているんです。

吉本 かなり深刻ですよ。普通の人の方が病んでいる部分もあると思う。

河合 だからねえ、なんかうまいこと、ぼくの生き方なり、やり方なりを変えて、普通の人と、もうちょっと接するようにしようかなあと。ぼくらは講演などをよく頼まれるんです。まあ、ほとんど断るわけだけど（笑）。講演でよく言うのは、千人に講演するのと一人に会うのとでは、一人の人に会う方がよっぽどエネルギーがいるということなんです。千人を相手の講演では、ぼくが勝手なこと言うて、ちょっとええかっこして、みんなに喜んでもらって、「はい、終わり」ってなもんやけど、それを喜んでやってたら、ぼくがだめになる。ところが、一対一というのは真剣勝負だから。吉本さんが言われた作品と同じで、ちょっとでも手を抜いたらパーンってやられる。ぜんぜん違うでしょ。講演なんて、みんなはじめから感激するつもりで来てるわけやから、「わー、すごい」なんて喜んで。

吉本 最後、パチパチパチパチって。

河合 で、帰りにはみんな忘れてて（笑）。こういう世の中になってきたら、普通の人たちと、講演という形じゃなくて、もうちょっと、ちゃんと会うことを考えてもいいかなと、いま思ってるんです。このぐらいの年齢になってきたから。といって、また、本当に気の毒な人もたくさんいるから、そういう人にこそ会わなきゃいかんという気もあるし。その点、いま悩んでいるところです。

吉本　じゃ、持ち回りで、若い人でちょっと元気ない人は私が、半分。少しでも担当します。

河合　それと、本を書くことで一般の人にはある程度……。そやけど、そういう一般の人に話をするためには、すごく難しい人に実際に会ってないと、とおりいっぺんのことしか言えなくなってしまう。

吉本　普通の人のなかにも、すさまじい感じになっている人もいるなあっていうことを最近思うんです。ここ二、三年でにわかに、普通の人がちょっと変な域に入っちゃったように感じますね。うちの近所に「口笛おじさん」と呼ばれているおじさんがいて、いつもピーッて口笛を吹いて、プラプラプラプラ歩いているんですよ。子どもたちに、ちょっといじめられたり、うちの犬をからかったりして、なんとなくのびのび歩いている。それが、ここ二、三年の間に、その人が近所で見かける人たちのなかでにわかに、いちばん正常な人になってしまった。外に出ると、しゃべり続けている人や、ずーっと空を見てる人、自転車でクルクルクルクルクル回っている人ばかりがいて、その人たちは学校や会社に行っている人たちなんですよね。日がな一日、口笛を吹いてボーッとしているおじさんが、いちばん普通な空気を発散している状態になってしまった。それは、すごいことだなあと思います。

河合 そうかもわからんね。

吉本 そこに越したときは、「まあ、あのおじさん、いつもうろうろしていて、ちょっと怖いわ」なんて思っていたんですけど、他の普通の人の方がよっぽど怖いよって。「バン」、「気をつけろい!」みたいになっちゃって。なんか、荒れてる。

河合 そうですね。だからヒーリングとかいうのが、むちゃくちゃ流行《はや》るわけね。なんでもいいから、ヒーリング、ヒーリング言うて。

吉本 ヒーリングというのは……。

河合 あやしいね、あれ。

吉本 「治る」っていうときは、反対の力が大きくはたらくのが本当だから、すっごい気持ちよくて、ただ心地よくて治っちゃうということは絶対にない。いやなこともドカーンと引き受けて、両刃《もろは》の剣みたいにバーンって切られるということが「ヒーリング」ということだから。心地よい音楽をかけて、ポワーンとしているうちに何かが治っちゃうっていうことは絶対にない。それは単に「リラックス」だと思う。

河合　だから自分の作品のことを「癒《いや》しの○○」とか言われると、がっくりきます。「癒し」のこともいま、たいへんな問題やね。山折哲雄さんという宗教学者が「癒しは卑《いや》しい」と言うてます（笑）。

吉本　そのひと言でかんぺき（笑）。一生懸命書いて、そういう評を見るとがっくりくる……。「人が癒されるといい」と、本気で思って書いているので、そういうのを見たり聞いたりすると……。中途半端《はんぱ》な感じで。そういうのとは絶対、一線を画した世界にいたい。やっぱり、読んだら、ちょっといやな気持ちにもなってほしい。さみしい気持ちとか、切なかったり、暗かったり。不快であったり。

河合　薬がそうやからね。毒のない薬は……。

吉本　効かないということですものね。ただ効くだけの薬があっても、それは本当の意味では効いていないということだもん。

河合　「フワーッとして、それで癒される」というイメージが強すぎるんじゃないでしょうか。本当のヒーリングは、命がけになってくるからね。

吉本　痛い目に遭って、ぎりぎりのところで残ったものがヒーリングっていうことだから。

河合　そうそう。

吉本　世の中のほとんどのものはリラクゼーションであって、ヒーリングではない。

河合　そのリラクゼーションというのも、本当にリラックスしたら、だいたい恐ろしいことになる。

吉本　そうですね。

河合　だから、普通はそんなにリラックスしないんですよ。危ないから。

吉本　そこそこ、その気分になるだけで。確かにそうですね。

河合　だから、適当なリラックスで、みんなやめる。そこを超えてリラックスしたら、だいたい、まあ、危ないことになる。

吉本　その勘違いは、本当に……。

河合　それがものすごく多いです。

吉本　そういうのを繰り返していると、催眠術みたいになってきちゃって、おかしくなっちゃう。

河合　そうそう。

吉本　「癒されるためには、こうしなきゃ」って。

河合　結局、依存症になる。

吉本　ちょっとノイローゼ気味になっちゃうんですね。やっぱり、よくない。それこそ、「温泉に行って、休めたことあるのか」というのと、あんまり変わらない（笑）。よく考えてみると、温泉に行くと飲みすぎたり、お風呂《ふろ》に入りすぎて湯あたりしたり、移動で疲れたりして（笑）。あと、バリ島とかに行って、「くつろぐ休日」とか書いてあるけど、やっぱり移動がたいへんだったりしてくたびれる。

河合　アメリカ人を見てたら思うねえ。なんていうかなあ、「ナイス・ウィークエンド病」にかかってる感じがするね。なんとかしてリラックスしようと思って、必死になって、疲れ果てている。彼らには「ごろ寝」というのがわからんのやね。「ごろ寝」は素晴らしいいんやけど。

吉本　ええ、何もしないで。……現代について、思うこと。でも、この時代はすごく面白い。ほんとに面白いと思う。

河合　金もそこそこあるし、可能性はあるし、という点で言うたら、やっぱり面白いですよ。

吉本　いまに生まれてきて、小説を書くことになって、本当によかったと思う。

大人になれない

吉本　私ぐらいの世代には、本当の意味での「無関心」というのが、いま、ありますね。「自由」なんじゃなくて、「無関心」。

河合　それは、もっと怖い。

吉本　「あの子も、なんとか食べていっているようだし、いいわ」っていう親が本当に多いんです。あれ、ちょっとかわいそう。

河合　しがらみの逆で、無関心というやつは、いちばん怖いですよ。

吉本　しがらみと同じくらい怖い。そういう親って、その人にもつらいことがあってそうなったのか、その人が子どものまま子どもを産んじゃったのかわからないけれど、たとえば河合先生や私に、「じゃあ、この子をお願いしますよ」と言って、いざというときには自分の子なのに人に全部まかせちゃう。特に、打ち込んでいることや趣味があるから子どもなんて放っておくという感じではなくて、普通の生活なのに、本当に無関心という人がいます。

河合　本当に打ち込むことがある人は、打ち込んでるという気持ちがあるから、「なんとかせないかん」という気が起こってくるわけ。ところが、ただボヤッとしてるわけやからね。

吉本　そういうのを見て、「はあ〜」と思うことが最近多いです。自分と同じ世代、だいたい三十五から四十五ぐらいでしょうか。

河合　そのあたりの年代がめちゃくちゃに難しいと、よく聞きますね。ぼくは、あまりそういう人に会っていないからわからないけれど、学校の先生などから、よく言われます。子どもの親がそういうふうで、と。

吉本　本当に関心ないんですよ。一応、育ててはいるのですが……。

河合　そういう人は、なんともできないけれど、関心がありながら馬鹿《ばか》なことやってる人がたくさんいるから、せめてそういう人が馬鹿なことをしないようにはできるんちゃうかなあと思っているんです。無関心な人に「関心を持て」というのは、それこそ「馬を水辺に連れていくことはできるけれど、水を飲ませることはできない」というのと同じで、とても難しい。

吉本　ほんとに、人変なことだと思うんです。昔は、虐待《ぎゃくたい》してガーンと殴っちゃうとか、床に落としちゃうとか、わかりやすかったんですけれど。そういうのより、もっとキツイんじゃないですか、ある意味で。もしそうならば、たとえば、まわりの人が助けて施設に入れちゃうとか……。

河合　子どもも反発できるけど。

吉本　法で裁くとか、おばあちゃんが育てるとか。でも、ちゃんと育てていて、きれいな服着せて、ご飯食べさせて、「文句ないでしょ」って感じ。「文句ないでしょ」とすら思っていないほど、無関心。

河合　そういうふうに育てられている子どもは、不可解なヘンなことをドカーンとやる場合が多いんです。でもその家は、お父さんもお母さんもちゃんとしていて、けんかもしたことがない普通の家庭なんですよ。普通のよい家庭なのに、子どもがおかしくなったというときには、そういう場合が多い。お父さんが殴ってばっかりいるとか、お母さんが酒飲んでるとか、そういうのはある程度やってたって、うまくいくんです。ほんまに（笑）。ところが、無関心というやつは……。

吉本　子どもも「親に殴られた」と言えば、まわりの人も「そうか！」と言えるけれど、「無関心です」って言われたら「嘘《うそ》なんじゃないの」ってなっちゃいますよね。お母さんも、「こんにちは」って言うと「こんにちは」ってあいさつしていくから、異常なお母さんじゃないし……。「甘えなんじゃないの」って、まわりに思われちゃって。そういう人、けっこう見ます。

河合　そのへんは、どうしたらいいのか、いちばん難しいところじゃないですか。自分の子どもをよくしようとして、馬鹿なことをやってる人も多いけれど、でもそれは、まだ「よくしよう」という気があるから変わるかもしれないから。無関心な親たちは、本当の意味で大人になっていないんだと思うんですよ。

吉本　なってないうちに、結婚したり、子どもができちゃったり。

河合　いまは、「大人になる」ということが、むちゃくちゃわかりにくいでしょ。どこから大人になったのかが、わからないから。

吉本　社会人になったからといって大人とも限らないですよね。

河合　月給をもらったり結婚することは、誰にでもできるからねえ。大人になるための「ここ」という基準を、社会がなくしてしまっている。それで、また腹が立つのは、「だから、一年間の奉仕活動を」なんていう意見が出てくること。あんなんで大人になるわけないのに。社会に存在する不文律をある程度身につけたら、大人になったということなんです。かつては、その不文律を小さいときから教えていた。いまはなんにも教えんでも一応は大きくなるわけでしょ。ぜんぜん教わってない子、たくさんいますよ。日本的な不文律は知らないけれど、「ナポレオンは、いつ生まれたか」なんてことは、よう知ってる（笑）。それが、だんだん積み重なってきている。

吉本 すごくヘンな世代。世代なのか、人たちなのか、が、いる国になってきている。無関心でも、多少手間がかかると、普通は愛着や愛情が湧《わ》いてくるはずなんですけれど。それがギリギリ最低限でも、なんとか子どもは育っちゃうんですよね、丈夫だから。一人しかいなかったりするから。それが五人だったら、そうはいかない。

河合 それと、金があるから。

吉本 そうですよねえ。

河合 昔は金がなかったから、手をかけるしか仕方なかった。ところがいまは、金で済まそうと思ったら済んでしまうからね。

吉本 人を雇うとか。「死にはしない」という程度には育てられるのかなあ。ある程度大きくなったら。一生懸命なようで無関心というのもあるから、その「感じ」を言葉で表すのは難しいんですけれど。

河合 まあ、ある程度、そういう馬鹿なことがあって、みんなが気がついてくれるまで待つかなあと思っています。

吉本 自分が大人にならなければ、子どもをつくってはいけないんですね。

河合　「市役所へ行って、あなたが大人であることを証明してもらってきてください。それから子どもを産んでください」（笑）。

吉本　法律で決まっちゃうようになる（笑）。

河合　市役所行ったら、レントゲンやら、なんやらやられて。不文律試験というやつがあって、「字で書いたらダメですよ。不文なんだから」（笑）。

「自己実現」の誤認

吉本　この時代の切実な感じだけは、ひしひしと伝わってくるんです。いまの世の中、町を普通に歩いているだけでも、どこか切実な感じがする。はじめ、自分の内面が切実だからだと思っていたのですが、どうも、そうでもないみたいです。たとえば、知人に「結婚します」と言われても、「ワー、とにかくよかった、おめでとう」とはならない。以前は嘘でも思ったんですが、いまの私たちぐらいの世代で、「結婚したからよかったね」っていう状況の人、あんまりいないですよ。それぞれ何かしらたいへんなことがあって、それを超えるくらいめでたいっていう勢いがないというか、社会全体に、「こうなったら希望的だね」ということが少ないんじゃないでしょうか。前だったら、東大に受かれば「おめでとうー」という感じだったじゃないですか。いまは、そういうのがない。「あ、そうなんだ、たいへんだね」っていう感じですね。「すごく給料が高いところに就職が決まったんだよ」と言われても、「ああ、たいへんだね」って。「たいへんだね」という感じのコメントが多いんですよ。「よかったじゃない」とか「わあ、のんびりできるね」とか、そういうのがない。それで、そう思ったのかもしれません。

河合　いままで、「よかったね」というのが多かったのは、そういうスタンダードが決まりすぎてたんやね。いわゆる、「結婚おめでとう」とか、「東大入学おめでとう」とか、「なんとか会社就職おめでとう」とか。みんな、そう信じてたんだけれど、それはあやしいということがわかってきた。

吉本　そういう価値観が、ぐちゃぐちゃに壊れちゃったんですね。

河合　何がめでたいのか、わからなくなったんですよ（笑）。めでたいこと、いっぱいあるんやけど。

吉本　そういうのが、ぐちゃぐちゃになって……。

河合　ある面で言うと、そういうのは各人に任されるようになったから。面白くなったと言えば、面白い。

吉本　混沌《こんとん》としていて、人それぞれになったんですね。

河合　そう。そういう点では個人の判断に任されているから。前は、お決まりの路線に乗れなかったらたいへんだったけど、乗らなくたって自分でやればいいってなもんで。

吉本　なんとかなるということも、ちょっとずつ、ちょっとずつ、変わってきてるのかなあ。

河合　でも、まだそこまでなってはいないから、中途半端《はんぱ》なところですね。それと、もうひとつびっくりするのは、相変わらず、そういう昔のパターンできっちりやっている人たちがいるわけで。

吉本　そうなんですよね。

河合　それから、まだまだ、お受験とかいうようなことを大切なことだと思っている親がたくさんいるわけ。いまだに、世間がいいと言う幼稚園に子どもを入れたがる親が、たくさんいるんやもんねえ。

吉本　子どもをどの病院で産むかから決まる、と考えるような（笑）。

河合　昔ふうの、いわゆる馬鹿《ばか》げた幸福パターン。何かに乗っかってると楽だから。

自分で判断できて、自分で自分をたのみにするという人は、まだ少ないんちゃうかな。しんどいからね。自分をたのみにするのは、苦しいけど楽しい。でもみんなは、「楽しい」の方だけをやろうとするから、急に「苦しい」に落ち込んだりする。

吉本　「自分をたのみにする」というのは、言葉の響きのよさとは反対に、情けなーい、かっこ悪ーいことの方が多いと思う。

河合　内実はそうですよ、みんなから馬鹿にされたり。

吉本　トホホって思ったり。その方が、たぶん多いと思う。他にできないからしょうがない。「自分をたのみにする」のは消極的なことなんです、どちらかというと。「だってそうするしかないんだもん」という弱々しいもののような気がします。

河合　ところが人は、「自分をたのみにする」という言葉を聞いて強いイメージを持つんです。でも、ほんまはしょうもないものです。でも、「自分をたのみ」にしないと、せっかく生まれてきたのに、どうしようもないでしょ。そんなにみんながやってる幸福パターンの方が好きやったら、それを体験させてくれる職業ができるんやないかって思う。そこへ行ったら、「どんなんがいいですか」って言われて、「私は教授になって成功して、ほうびをもらって……」、「じゃあ、それでいきましょう」。で、映画を見せてくれるわけです。ぼくが主人公になってね。ワーッと言うとおりになって、「残り少なくなりました」というところでパーンと雷気が切れて、ぼくが殺されるわけ（笑）。幸福の絶頂で。そういう職業ができるんちゃうかなと思ってるんだけど。「どれにします？　社長パターンですか？」とか、「女優ですか？」とかね。ちゃんとマニュアルがあるから、マニュアルどおりに。ほんまに、それに似てるんちゃうかな。

吉本　もはや、そういう感じな気がします。

河合　「自分がやる」ということは、ぜんぜんわけもわからん、自分が思ってもみないことがいっぱい起こる。そういう意味では、「自己実現」という言葉が、まったく誤解されて使われていますね。あんな、わけのわからん、苦しくてかっこ悪いことはないのに、みんなかっこええと思ってる。自分のしたいことをするんやと思ってるけど、ぜんぜん違いますよ。

吉本　いやなことはしないようなイメージがあるのでしょう。言葉としては平凡だけれど、自分と向き合う、それだりでじゅうぶん苦しかったりつらかったりイヤだったりするわけだから。そういうことが「自己実現」ということだと思う。

河合　だから、あんまり使わんようにしてるんです。誤解されすぎてる。

吉本　素晴らしいことを実現するかのように……。

河合 みんな思ってるわけ。ところが、自己なんて実現しようと思ったら、途方もないことがいっぱい起こる。それをぜんぜんわかってない。だからぼくは、「『自己実現』は『他己実現』や」言うてるんです。「他人が素晴らしいと思うことをやってるだけや」って。他人がかっこいいと思っていることをやることを、自己実現と呼んでいるだけやと。だから、誤解されるから、あんまり使わんようにしてるんです。

自分と向き合う作業は、人間にとって必要なんです。必要というか、せっかく生まれてきたんだから、自分は他のどこにもいないし、おそらくまあ世界に一人でしょう。しかも、どうせ死ぬわけだから、その間ぐらい自分を大事にしないと。

吉本 なんていうか、人が思っている自分というか、「人はこう思うだろうな」っていうのを取り払ったその人が垣間《かいま》見えるとき、そういうときに感動しますよね。「ああ、私には思いつかないな」とか。人びとは、そういうことをもっと素晴らしいと思っていいと思う。人全般に対してそう思います。でも、それは、それほどつらいことだから、みんなそうやって決めたがるんですね。「こうやると幸福になるよ」とか、「お金はある程度あった方が楽だよ」とか。

河合 だから、なるべくしたくないのが「自己実現」なんです。

吉本 やっぱり自分を見ない方が楽ですよね。「ああ、こんな汚いところも」とか、

「こんなつらいことが」とか。「こいつは、こういうふうに逃げた」とか自分自身に対して思ったり。イヤなところばっかり見ちゃうことが多いと思うから。つらい作業じゃないでしょうか。

河合　でも、やるより仕方ないでしょうね。ほんまに。生まれてきたんやから。

吉本　それに、やっぱり自分をよく知らないと、もっともっとつらいことになっちゃう気がします。社会的にいいとされていることを、「つらいけど、やっておこう」と意気込んで、それこそ病気になっちゃったり、倒れちゃったり、過労死しちゃったり。自分を知っていれば、もう少しやりようもありますよね。

英語・日本語・外国語

河合　先ほど翻訳の話がありましたが、その訳され方というのは、どうですか？

吉本　そうですね。その外国語に訳した人の解釈がどれくらい入っているかが重要になってきますね。

河合　日本語の場合とは何もかも違うでしょ。それこそ「トンネルを抜けると雪国だった」というのも、何を主語にするのか。

吉本　そうですね。私の文章は、それがすごーくわかりにくいらしいです。

河合　昔、主語のことで面白い体験をしたことがありますよ。外国人の前で「隠れキリシタン」の話をしたときのことです。隠れキリシタンのことを調べていて、あるとき隠れキリシタンのお宅だといわれている家を訪問した。そうしたら、そこの方が「我々隠れキリシタンなんて、やってませんよ」と言う。「神も仏もありません」と。「へえー」って、びっくりしてね。ふっと上を見たら、ものすごく上等な神棚があるんですよ。灯明があがってて杯もちゃんと飾ってある。「失礼ですけど、あれ、なんですか?」と訊《き》いたら、「先生、あれあったら落ちつきまっしゃろ」と言うんですね。「いやあ、そりゃ落ちつきますなあ」。神も仏もないんだけど、「それがあったら落ちつく」というのが日本人の日常性だ、と。ところが、「これがあったら、落ちつきまっしゃろ」というのを英語にするには、何を主語にするかで悩んでしまう。もしこれがあったら「我々は」落ち着くにするのか。

吉本　あなたなのか、私なのか。

河合　そう。あるいは宇宙なのか、家族なのか。全部込みにして、平気でそこは不問のままにして「落ちつきまっしゃろ」ということが、日本の考え方にはある。そういうことを、ぼくらは意識せずに日常語のなかで、どんどんやっているわけでしょ。また、それを英語で言うときにも、「それをどう言ってやろう」と思って意識するから面白い。

この話をしたときに、隠れキリシタンのキリスト教神話が、二百五十年の間に口から口へ伝えられて、次第に変わってくることもしゃべったんです。

吉本 書いて残しては……。

河合 いないからね。口伝えだからどんどん変わっていく。日本化されるんですよ。それが面白いから、その話をしたのはよかったんだけれど、聞いていた人が手を挙げて、「あなたはなぜ『キリスト教神話』と言うのか。なぜ、キリスト教に対して『神話』という言葉を使うのか。我々は、バイブルに書いてあることは、すべてリアリティだと思っている。それをあなたがmyth（神話）と言ったのは、どういう意味か」と言う。ぼくは感激してね。「こんな質問は、日本では考えられない。さすがヨーロッパまで来ると、こういう素晴らしい質問があるから、ぼくは嬉《うれ》しくてしょうがない」とか言って、さんざん喜ばせた（笑）。そのあと、「いま質問した人に逆にお訊きしたいのですが、あなたはいま、バイブルに書いてあることは、すべてリアリティだと言われたけれど、リアリティとはなんですか？」と訊き返した。

「あなたはどう思っているのか知りませんが、まさかこの壁とか、椅子《いす》とか、こういうものをリアリティと呼んでいるんじゃないでしょうね。我々日本人は、こういうのをイリュージョンと呼んでいるんですよ」。それを聞いて、みんなは爆笑してる。そしたらその人が、「わかった。あなたが言っている myth というのは、different dimension of reality（次元の異なる現実）ということだな」と。「そうそう、そうなんです」と言っといたけど。そういう質問がボーンと出る。そしたら、即座にそれに答えなくてはいかんでしょ。そのやり取りが面白くて。

吉本　日本では、なかなかそうはいかないでしょうね。

河合　そんなこと聞くやつ、いないしね。思わぬところから鉄砲玉が飛んでくるわけですよ。この予想外の面白さ。

吉本　確かに日本では、予想がついて、その予想どおりに展開しちゃうことって、ありますよね。

河合　そういう意味では、外国へ行くのもいいと思うんです。障害は英語ですね。これで英語がうまかったら、どんなんやろうって思います。吉本さんは、向こうでイタリア語でしゃべったりしますか？

吉本　いいえ、しません（笑）。ぜんぜん違う。

河合　自分の翻訳を見て、これはおかしいとか、言わないの？

吉本　言ったことないですね。ただ、イタリア語がうまいかどうかは、わかります。言葉の選び方などで、素晴らしい訳に違いない、とは、ぼんやりとわかるんです。英語は、みんな直訳になっちゃうんですね。「これ、あら筋ですか」という感じになっちゃう。難しい。あら筋以外にしか私の小説、魅力ありませんから。

河合　あら筋やられたら、たまったもんじゃないね。英語というのは、そもそも、そういう言葉なんですね。でも、ドイツ語とかイタリア語もそうなんだけれど、真剣に講演しようと思ったら、スタイルを持ってなければいけない。イタリア語は特にそうです。ローマ以来ですからね。だから、講演するときには、「ぼくのスタイル」というやつでやらないとダメなんです。ドイツもフランスも、そうですね。英語だったら、ぼくの思っていることをそのまましゃべっても、わりとみんな聞いてくれるんです。でも他の国では、プロフェッサーのスタイルを持っていなかったら、プロフェッサーではないんですよ。それは、もう、ぼくにはできません。イタリア語にはそういう、いろんな歴史があるでしょ。だから、訳すときにそのへんを深く考えているると思いますよ。

吉本　うまくいっちゃったんだと思います。

河合 フランス語やドイツ語にも訳されているんですよね。

吉本 はい。でも、イタリア語ほどうまくいかない。読者への伝わり方も、ちょっと違う。イタリアとは、どこか、何か、全《すべ》てのバランスがうまくいったんでしょうね。そういうのは自分では考えられないことですから。面白い。なりゆきに任せるしかない。自分で、ああしよう、こうしようと思ったら、ぜったいダメですね。小説を書くということ自体、そういうものなのでしょう。大概のことは、そんなような気がします。自分で、ああしよう、こうしようと目標を持ってやったら、たいていだめです。来たものになんとなく答えていく、「時が経《た》っていった」という感じの方が、うまくいくような気がします。

河合 ぼくは、生き方自体がそうです。自分の意志で、ほとんど生きていない（笑）。来たものに乗っては、ふわふわやってる。

吉本 「絶対イヤ」だと思うことはないのですか？

河合 絶対イヤなことはしません。だけど、自分の意志ではじめから行動することは、少ないですね。さっきのアメリカの講演でも、言われたから行くわけでしょ。依頼されたうちの、好きなものはして、嫌いなやつはしない。いま、完全にそうですね。原稿でもそうだし。そやから、わりと原稿がはやく書けると思うんです。依頼されたときに、「書けん」と思ったらパッと断る。書きたいと思うやつと、「いっぺん、こいつで書いたろか」と思うやつあるでしょ。それは引き受けるんです。ダメなやつは即座に断る。

吉本　昔からですか？

河合　いや、はじめの頃は頼まれること自体が嬉しいから、無理してでも「はいはい」言うて、それから調べたりして書いてたけど、最近はもうしません。

吉本　私は、もはや依頼されてもできない状況が長いので、いつも謝っています。「すいません、すいません」を言いながら生きている（笑）。

河合　「すいません」は、ぼくもしょっちゅう言ってます。

吉本　「すいません」は、日本では大切な言葉ですよね（笑）。

河合　大切です。ぼくは、京大の門入る前から「すんません」って言うてた（笑）。関西では、人は家に入るときに「すんませーん」って言って入ってくる。「こんにちは」とか、「ごめんください」とは言わない。「すんませーん」と言うんです。

吉本　やっぱり大切な言葉なんですね。

河合　ところが困るのはね、「すんません」は“I am sorry.”だと習ってるでしょ、そうすると、言わんでもええときに、“I am sorry.”と言ってしまうんですよ。そうすると向こうの人が仰天するわけ（笑）。あれは失敗したね、はじめの頃。なんでも「すんません」言えばいいと思ってるからね。

吉本　言語の壁は大きい。

河合　「すんません」は、イコール“I am sorry.”とは、感じが違いますもんねえ。家入るときに、“I am sorry.”と言いながら入っていったら、びっくりするんちゃいますか（笑）。「sorry やったら来るなあ！」って。実際ぼくの友だちで、交通事故が起きたとき、自分の方が絶対正しいのに、“I am sorry.”言うて、なかなかうまいこといかないようになってしまったのがいますよ。ぼくが行ったのは一九五九年ですから、まだ日本人のなかに欧米的センスがない頃でしょ。ぶつけられて、すぐに“I am sorry.”と……。

吉本　謝っちゃった。

河合　そう。そしたら向こうが、「おまえ、“I am sorry.”って言うたやないか」って。

吉本　わあ、厳しい。訴訟社会。

河合　ぼくらは癖になってるから、それを言わずに済ますということは、ものすごい気持ち悪いからねえ。

吉本　まず、「すみません、大丈夫ですか」と言いますよね。言ってからですよ、誰が悪いとか、お金を払えとか。

河合　日本人は言葉を操ることがあまり好きではないけれど、なんか知らんけど、ぼくは小さいときから言葉を操るのが好きだったんですよ。駄洒落《だじゃれ》とか。しかし、いわゆる名文や美文というのは、ぜんぜん書く気もないし、下手なんです。いまでもよく覚えてるけれど、中学生ぐらいになったら国語の教科書に日本の自然主義が出てくるでしょ。ぼくにはなんにも面白くないんですよ。みんなは「これは、すごい」とか「文学的や」と言っていたから、その頃からぼくには文学的才能が備わっていないんですね。はっきりあきらめているんです。だいたいぼくは文学的ではないものが好きだからね。『モンテ・クリスト伯』とか、ああいうのが好きなんですが、「そんなのは文学じゃない」とか言われるわけです。ぼくは、自分は文学的ではないと、あの頃から思い知っていますね。吉本さんは、どうですか。小さい頃から、言葉に興味が……。

吉本　いや、ないです。本当にわからないですね。それは神秘的。なんで自分が作家なのか、いまでもわからないです。

河合　でも、「『作家になりたい』と言っていた」と言うてましたね。あれ、面白いね。

吉本　根拠もないのに、なんで言ってたんだろう。すごい不思議。それで実際なっちゃうというのも問題ですよね（笑）。

河合　いや、だいたい「本物」にはそういうところがあります。

吉本　誰が決めたんでしょう。神様？

河合　そうでしょうね。ぼくらの仲間のアメリカ人に、ヒルマンという人がいて、彼が『魂のコード』（河出書房新社）という本を書いてね。子どものときに思いがけないことを言って、あとでちゃんと、その発言どおりのものになっているという例を、その本のなかでたくさんあげていますよ。

吉本　へえ〜。こればかりは、すごーく神秘的ですよね。人の生きていく道って。自分で自分なりにチェックしてみたのですが、人には普通「自分の能力を疑う機能」があると思うんです。それが何重にもガードされていたんですね、心のなかで。だから、「私、才能ないんじゃないかしら」とか「一生ウェイトレスだったら、どうしよう」とか、普通はそこで思う。そこで思うから、みんなやめていくんだと思うんですけれど、私のなかには何重にもガード機構がある。そこまで考えが至らないようにする機構も含めて。すごいんですよ。それは、他のことで会得《えとく》できるかっていうと、できないから。もともと、小さいときからの積み重ねというのも、もちろんあるし。思い込みというのもあるだろうし。簡単な思い込みだったら、それはわりとすぐ崩れちゃうと思うんですよ。ある意味で「病」と言ってもいいほどの思い込みがあり、さらにそれが何重にもガードされている。だから、よく、「私はツイてるのよ」って言う人がいますが、ああいうのも同じことで、何重にもガードされているると、本当にツイている人になっちゃうんですよ。

河合　そうそう。

吉本　根拠もなく「絶対、お金持ちになる」とか言う人、いますよね。ちっちゃい頃から。なぜだか知らないけれど「私、お金持ちになるの！」って。で、なっちゃうの。

河合　オリンピックの選手でも、そういう人がいますね。「私、絶対、金メダル取る」って小さいときから言ってたって。そういうことは、絶対あると思う。

吉本　天性のものに何重もの思い込みが重なって、絶対つき崩せない。本も読んだことないうちから、そういうことを言ってたわけだから、ほんとにすごいですよね。そのうちに、小さな技術のようなものを身につけていって、それがまた、もうひとつのガードになって強固になっていく。だから、「でも、下手くそじゃん」みたいな気持ちが自分のなかに芽生えてきたら、そのガードが「いや、そんなことはない」と自分を説得するのだと思います。すごく面白い機構になっているなあ。あそこまで思い込むことができれば、たぶん誰でもなれると思う。それができるかどうかですよね。

河合　そうそう。

吉本　いちばんわかりやすいのが女の人の例だと思うんです。ほとんど同じ顔だちの女性二人がいて、一人はものすごく美しく、もう一人はものすごくかわいそうな顔だち（笑）って見えることがあると思うのですが、それは本人の問題ですよね。本人が「私って、かわいいから」と思っていると、まわりもそう見るようになる。人間は目に見えないところで、いっぱいやり取りをしているから。同じような顔だちでも、その人が「ああ、私、もうぜんぜん顔がダメだから」と思っていると、態度もそういうふうになったりして、どんどん伝わっていっちゃうんですね。それがまた積み重なって実績となり、ますますそうなっていく。「作家になりたい」というのも、それに似たことなんじゃないかと思います。ある程度、誰でも、なんでもできるんじゃないですか。そうは言っても、楽観的になっているわけではないのです。「なりたい」とか「なるに決まってる」という気持ちは、「なれないに決まってる」という思いと同時に存在しているから、それを突き崩すほどの思い込みを長い間、しかも強く持っていないと実現には至らないと思う。

偶然性と生きる

河合　『不倫と南米』のときの旅は、小説を書くことが目的だったんですよね。それはどういう感じですか？　適当な面白さがありますか？　それとも、ちょっと、しんどいですか？

吉本　「偶然性に頼る」というのが全てです。前もってあんまり組み立ててもだめだし、ちょっとしたときに、ひらめきがないと。それをパッとつかまえられるかどうかは、自分の感度の問題ですから。

河合　ほんまやねえ。

吉本　だからといって、瞑想《めいそう》したりとか、そういうことではなく、適当に寝たり起きたりしているだけなんですけれど。意外なところにパッと、きっかけが訪れる。それがすごく面白い。

河合　でも、行って、なかなかうまいこと言葉をつかまえてきているから、素晴らしいですね。

吉本　行く前は、メンドーサという町の、プラタナスがパーッと風に舞う「さびしい」気持ちを南米で味わうことになるなんて想像もしていなかった。あんなさびしい思いを……。

河合　町の名前がいいですね、「面倒さ（メンドーサ）」言うて（笑）。

吉本　でも、ほんとに、みんな面倒そうでしたよ（笑）。活気がなくて。若い人も年寄りも、みんなフラフラフラフラ、風のなかを歩いていました。

河合　大事なのは、先に考えるのではなくて、それに身をまかすこと。それさえできれば、何か生まれてくるんでしょうね。

吉本　うまいこと、フッと。それと、「自分をたのみにする心」がとても大切なんです。それは自分に自信を持ちすぎるのでもなくて、いざとなったら自分がなんとかするだろうという「自分をたのみにする」こと。それがあれば、結局最後は勝つというか、うまくいくような気がします。

河合　自分をたのみにしているというのは、あるからたのみにしてるというのと違いますよね。何もないんだけど、たのみにしてる……。

吉本　ないけど、「大丈夫だろう」、「何か摑《つか》むだろう」と思って。それが、意外につまらない、空港の待ち時間に急に目の前に面白いものが通ったりして、そういう風景が焼きついたりする。案外そういうのが、小説のネタにつながっていく。嘘《うそ》でも、たのみにする気持ちを持っていかないと絶対失敗するんです。不安だと下調べをいっぱいいっぱいいっぱいしちゃって、かえってわけがわからなくなる。

河合　本当、そうです。

吉本　そういう点でけっこうつらかったのが、エジプトへの旅でした。だって、ピラミッドといったら本当にピラミッドしかないから。意外性がなくて……。

河合　行ったら四角いピラミッドがあったりして（笑）。

吉本　それだったらよかったのですが……。「思ったとおりやんけ」と思って。それはすごく難しかった。南米のときのように、意外なところの方がいいようです。ピラミッドのときは下調べもして行ったけれど、下調べどおりのものが、ただ目の前にあるだけで。「これを書いたって、ほんとにつまんないよ」と思って。そうやって失敗するときもあるんです。調べたからって「ツタンカーメンは、こうだった」という小説を書くのもヘンだし。

河合　旅行記を書くのならいいけれど。

吉本　ええ。だから「砂漠のなかにピラミッドがあったのだった」ではなんにも面白くない。「夕陽が沈んでいった、黄色いところに」。これ、つまんなーい。すごくたいへんでした。懲《こ》りたというか。下調べをしてありきたりのところに行くのはよそうと。

河合　（笑）エジプトは、特にそうやね。あれはもう、なかなか、ありきたり以上のものは、そう簡単には出てこないし、エジプト行っておいて、それでまったく違うことを書いたら、またおかしいし。エジプトは、みんなのなかにもイメージが強いから。

吉本　そうなんですよ。スフィンクスとピラミッドで。

河合　行ったという話なのに、スフィンクスもピラミッドも、なんにも出てこないというのも、またヘンだし。

吉本　そのときは実力も足りなかったということがあって、うまく活《い》かせなかったんです。でも、そのときの「何もなさ」ときたら、やっぱり取材旅行って難しいと思いました。

河合　エジプトも、小説を書くために行かれたのですよね。

吉本　はい。小説を書くために。でも結局、小説は失敗に終わりました。もう、本当にうまく書けなくて。ああいう、みんなが知ってて、なおかつ巨大で、意味もあって……、もう、隙《すき》がないんです。私なんかの割り込む隙がないといった感じで、書けば書くほどちっぽけになってっちゃって。あれは、さっと、東大寺の大仏とかを書くのと同じだと思う。

河合　（笑）

吉本　大勢の人が、見すぎて、書きすぎて、考えすぎて、もう私の入る隙がない。その点、南米にはちょっとしたことを拾いたいという感じで行ったので、それはよかったです。期待もしていなかったというか。期待といえば、私はヘリに乗るのが嫌いなんですね。ブラジルでみんなでヘリに乗ることになったのですが、「私は乗らない」って最後まで言っていたんです。で、私が乗らないと、私の取材旅行だからみんな乗らないいんですね。「じゃあ、ヘリはやめようかあ」ということになったんですが、うちの事務所の鈴木くんが、ものすごい気をつかわない子で（笑）、すごくのびのびとした子だから、「ぼくはヘリに乗るためにここまで来たんだ」って。「お前の旅行じゃないだろ」って、みんな思ったのですが、「いや、ぼくはここまで来てヘリに乗るのが夢だったんだから、乗りましょうよ、先生」とか言って。無理やり乗せられたら、本の最後に収めた小説（「窓の外」）が書けちゃった。偶然。「ああ、乗るようになってたんだな」と思いました。「ぼくは、南十字星を見るのと、ヘリに乗るために来たんですよ」って。「なに威張ってんだ、こいつ」って思ったのですが（笑）。でも、そう言われたら、なんか「そうかも」って。一緒に行った他のスタッフは、「もう、君が乗りたくないんだったら、いいよ」という感じだったのですが、その子だけはすごく言い張って、「そうかあ、考えてみれば、この子も三十何時間も飛行機に乗って、私にくっついて働いてきたんだから、一個くらい望みをかなえてやろうか」と思ったんです。

河合　それは、そうやね（笑）。

吉本　乗ったら、すごく気持ちよくて、最後の小説が書き上がっちゃった。ありがとう、鈴木くん（笑）。そういうことって、とても偶然性に支配されていて面白い。

河合　ぼくは思うけど、偶然性と生きるということを、いま、もっと考えていいんじゃないですか。ぼくなんか本当にそうだから。自分の仕事を「偶然屋さん」とも言うてる（笑）。

吉本　関西っぽい職業ですね（笑）。

河合　そうなんですよ。偶然が起こるのを待っているみたいなものだから。

吉本　でも、やっぱりそういうのは、自分をたのみにしていないと、目の前をサーッと通り過ぎてしまう。

河合　そうそう。やっぱり自分をたのみにしているという感じ。

吉本　それは、超能力なんかじゃなくて、自然なことですよね。

河合　そう。超能力者というのは、「自分が起こした」と思うわけでしょ。ぼくは自分でなんにも起こしてない。偶然に起こったことに、ふわっと乗るだけだからね。ただ、そういうときに、やっぱり「乗る」というか、「エネルギーを結集する」というか、それが必要なんですよ。それを、ちょっとでも間違ったらあかんけど。偶然は自分が起こすわけやないからね。

吉本　川の流れを見ている感じですね。「あ、何か浮いている。さっきからコップが三個流れてきてるから、次はバケツ？」とか、そういう感じです。

河合　そうそう。それがまた、面白いね。読みどおりのことが起きたり、こっちの読みとぜんぜん違うことが起こったり。その面白さでやっている。もちろんいろいろあって、ぼくらのような仕事でも、ちゃんと予定どおり考えて、「このときこうやって、こうやって治りました」ということもある。でも、それは、わりと症状が軽い人だと思います。

吉本　「こういう順番で治療を進めていきましょう、薬はこれとこれで、何月何日にこういうことを」という。

河合　ええ。もちろん、だいたいの見通しは持っていなければいけないのですが、それはものすごい大まかなものなんです。その間に何が起こるかは、偶然でしかない。それから、心が開いている方が、いろんな偶然に対する心配りが広くなる。こう（両手の間隔を狭めるジェスチャー）なってる人は、面白いことが起こっても見えないからね。

吉本　自分の道どおりにしか行かない……。

河合　自分の思ってることにしか反応できない。そやけど、それは作品を書くことと、すごく似ていると思いますね。

吉本　そうですね。自分でこういう仕上がりにしようと思ったって、できないことはあると思う。

河合　といって、まったく何もないかといったら、そうではなくて、何か筋のようなものがあるといえばあるし。それから、なんか知らんけど、終わりだけ、ものすごくはっきりわかってくるときがある。

吉本　ありますね。

河合　筋がないのに、終わりの方だけ、ものすごくはっきりわかってくることがある。そういうところが、ぼくらの仕事には共通してるんじゃないかと思います。

吉本　やっぱり、自分だけの力じゃないということが、神がかりという意味合いだけではなくて、すごく多いですね。たとえば、ある小説があって、こういうテーマを訴えたい、ということだけが決まっていて、でも自分のなかで、どうしても深くならなかったり、テーマと嚙《か》み合わないときに、現実に何かフッとした出来事が起こって、自分のなかでパッとつながって書けるときがあります。

河合　そうそう。

吉本　「ああ、あれは小説を書かせるために起こったことなのかあ」と思うことがよくあります。内容はまるっきり変わっちゃったのに、テーマは変えなくて済んだり。

河合　で、うまくいかないときというのは、それが外れるよね。外れて、悪い方の偶然が起こる（笑）。またそれも面白いんだけれど。楽しいといえば楽しいし。

吉本　小説を書く場合には、目的意識みたいなものが間違っていなければ、だいたいちゃんと何かが起こって、うまくいきます。また、たとえば、誰かの相談を受ける場合だったら、「治すことを目的としない」ことがとても大切ですね。そういうのと同じで、小説の場合も、誰かを感動させようとか、そういうことを目的にしなければ、まず大丈夫。その小説が自分に対して求めていることにこたえられるか、ということが合致すれば、絶対大丈夫。「こんなのを書いてやれ」なんて思ったら絶対だめですね。そうすると、何も偶然が起こらない。堅苦しい空間ができて、広がりがなくなってきちゃう。「生きているもの」を扱っているということに関しては、とても似たお仕事なんだと思います。

河合　ええ、ますます思いますね。そこには、やっぱり自分の器というものがあって、その器を超えたらだめだしね。

吉本　ええ、ええ。でも、何かのきっかけで一瞬、超えちゃうときがある。でもそれは自分だけの力じゃないから、それが自分の力だと思ってはいけない。

河合　そうそう。それが自分の力だと思ったら、あとはもう堕落するか、ワンパターンになるか。

吉本　鼻高だかで。

河合　それは、いっぺんにわかるしね。ぼくらは、生きた人を相手にしているから。ところが、そこがまた面白いのは、同じ「人を相手にすること」でも、講演だと、それ、なんぼでもいける。講演だったらワンパターンで日本中まわれるからね。

吉本　しかも、お金も入ってくるし、拍手もされる。みんなは感動し（笑）。

河合　やる方は堕落する一方。いや、本当ですよ。でも生きた人を一対一で相手にしていたら、そんなのありえないからね。

吉本　私も『キッチン3』『4』『5』と書いていけば……（笑）。

河合　（笑）しかし、そう言うたら悪いけど、作家でもそういう人いますね。

吉本　でも、そういうのは、みんなもホッとしたくて買ってるわけじゃないですか。「水戸黄門」を見るように。それは別の役割で……。

河合　「水戸黄門」的ね。ぼくらの世界にも「水戸黄門」たくさんいますよ（笑）。

吉本　こうやって印籠《いんろう》を出したら、治っちゃう（笑）。

河合　そうそう。ほんまやなあ。今度、「水戸黄門について」というのを書いたろかしら（笑）。

流れのなかで

河合　いまはちょっと忙しくて新しい人には会えませんけど、どんなに人とうまくいってても、新しい人に会うというのは、ちょっと怖いね。

吉本　それがまたひとつのスタートですものね。キャリアは関係ないのですね。

河合　関係ない。思っているのとぜんぜん違うことが起こってくるから。それも、まあ、だんだんそういうのが見えてくるようになるんですけれど。ぼくらの仕事に就いたばかりの人が悩むのは、「何も問題ない、人生に悩みもないし、苦しみもないし、症状も何もない。ただ、もうちょっと自分自身を知りたいから、自分自身を知るために、ちょっと行きたいと思います」という人。こっちも「それだったら、会いましょうか」なんていうのは、だいたいむちゃくちゃになる。

吉本　はあー。切実じゃないからですか？

河合　やっぱり「自分自身を知る」ということは、途方もないことでしょ。それをやりだすと、ものすごいノイローゼの症状が出てきたりする。気楽にポンと入ったら。そういう人は、なんか恐ろしいことが起こるという予感がしているんでしょうね。このままいったら自分のなかで大爆発が起こる予感がある。なんとなく予感はあるんだけど、意識としてはそうは感じていない。「もう少し、自分を知るために。私のような健康な人がこういうことをやると、人のためになるんじゃないかしら」なんて思って来るんだけど。

吉本　スタートは軽いタッチなんですね。

河合　そうそう、軽いタッチのスタートですよ。そういうときはこっちも考えないといけない。

吉本　それは、ものごと全《すべ》てにあてはまりますね。

河合　だから、そういうときは、よっぽどこっちも考えてあたらないと……。もちろん、その人を引き受けるのだったらきちんと引き受けて、長くかかわってあげないといけないし。こういうケースでは、「まあ、一年ぐらい」なんて思っていても、十年かかったりするからねえ。

吉本　次々いろんな問題が出てくるんですね。

河合　そう。なかには「私はなんともなかったのに、先生のせいでおかしくなった」と言いだす人がいる。

吉本　(笑)困る。

河合　「責任取ってくれ」と。

吉本　恨まれちゃうんですね。

河合　ものすごく恨まれる。

吉本　でも、「逆恨みだ」と、けんかするわけにはいかないですものね。

河合　いきませんねえ。けんかしたら、けんかになった分だけ、向こうも怒りだすわけだから。

吉本　……難しい。じゃ、やっぱり「私はベテランだから誰が来ても大丈夫」という感じにはならないんですね。

河合 絶対にならない。

吉本 なったら、それは嘘《うそ》なんですね。

河合 しかし、まあ、ある程度のことは言えますよ。ある程度は言えるけど、「大打者だって三割しか打たない」とよく言うんです。大打者になったからって、どんな球でも打てるなんてことは、絶対ないわけだから。

吉本 そういうふうに言っちゃうこと自体が、もう……。

河合 そう、ありえない。「私はすごい選手で、まあ三割は打てます」と言うたら、それはすごいことでしょ。四割打つ人もこの頃出てきたけど（笑）。

吉本 でも、ずーっと続くとも限らないし。

河合 で、また、こちらがちょっと天狗《てんぐ》になりかけた頃には、その鼻をへし折るような人が、ちゃんと現れるねえ。

吉本 大きな仕組みのなかで、この世は動いているんですね。

河合 ほんま、完全に大きな仕組みのなかで動いてるとしか思えない。

吉本 でも、そう思えば流れに乗ることもできる。

河合 そうですね。

吉本 確かに、私もエジプトなんて（笑）。まだ言ってる（笑）。ピラミッドあるし、なんとかなるだろうって本当に思ってました。それで、なんとかならなかったときの驚き（笑）。反省しましたもん、やっぱり。

河合　ピラミッドは大きいこっちゃろうなあ（笑）。

吉本　いまの技術で臨めば書けると思うのですが、当時の技術では、あれを御すことができなかった、あの三角を（笑）。天狗になったということはないけれど、いっぱい調べたから大丈夫だろうとか、歴史を知っているからもう行ける、と思っていた自分が恥ずかしくなりました。あれが最大の挫折《ざせつ》だったかもしれません。

河合　いわゆる歴史小説とか、そんなんとはぜんぜん違うからねえ。

吉本　〈ツタンカーメンはここで殺されたのだった〉とか、そういうふうに、どうしても。それは吉村作治先生に任せておけばいい。私ならではの何かを取り出せると思って行ったのに、だめだったから、まだまだ大きいもの、書ききれないものがあるんだ、あるんだ、あるんだと思って、半年間くらい反省しました。それは、まわりの不評・好評とは関係なく、自分のなかのことですから。

河合　そうでしょうね。この頃ぼくは講演を出たとこ勝負でやってるけど、出たとこ勝負にすると、ちょっと面白いんです。思いがけないことを自分で言ったりするから。「ええこと言うてるなあ」って（笑）。それで「このええことは、覚えておかないかん」と思っても、あとではころっと忘れとったりして。

吉本 でも聞いた人たちがみんな覚えてる。

河合 こっちは「なんやったかなあ」って。

吉本 いい感じだけが残っている。

河合 しかし、実際のクライアントの人と会っているときのことは、わりと忘れることがありますよ。

吉本 それはきっと、二人の関係性から出てくる……。

河合 そう、もう完全に関係のなかから出てきて。で、我ながら「やったあ」という感じだけれど、あとでは覚えていないということ、ありますね。

吉本 私も、そういう、ちょっと調子の悪い人とお話する機会がありますが、「うまくいった」と思うと絶対だめですよね。私は素人《しろうと》ですから、何かの相談にのっているわけではないのですが、「ちょっと調子が悪い」という人と電話でお話をすることが多い人生だったので。でも、いつも、それは思う。素人でも思う。「こっちも感動して、相手も感動して、よかったー」というときは、絶対だめ。ぜんぜんだめ。「どうでもいいよ」という感じで、だらーっといったとき、あとでヘンにお互いに癒《いや》されていたりする。

河合　ものすごく不思議です。

吉本　向こうがこっちを癒してくれることも同じこと。

河合　そうそう。ぼくなんか、こういう仕事していなかったら、おかしくなっていたと思う。おかげさんで、まあまあまっとうに生きてる（笑）。そういうとこありますよ、絶対に。

吉本　河合先生が普通にサラリーマンをやっていたら、どうなっていたんでしょう？

河合　だめやったろうねえ。まわりが苦労したでしょう。

吉本　エネルギーがほとばしって。

河合　ええ。

吉本　八つ当たりしたりとか。

河合　まあ、それでも、ある程度はできると思いますが。

吉本　でも、すごく自分を抑えた感じになってたのでしょうか？

河合　本質的には常識的な方かなあ。どっちかな。常識的だけど常識的でないことが少しわかる、というような、そういうところでやってるのかな。

吉本　冒険家とかになって、どこかへ行っちゃったり。

河合　そういうことはしないねえ。外目に見えることは、何もしないんじゃないでしょうか。

吉本　じゃ、内面に大きな葛藤《かっとう》のある人生になった可能性が……。

河合　あるかもわかりませんねえ。そうなると身近な人たちが苦労するかもしれませんね。二重人格というのではないんですけれど、二面性はすごくあります。あんまりありすぎて、自分でも、まだわからんくらいですね（笑）。

吉本　自分のつらさとか、そういったことをわかってくれるという深みを感じさせるから、みんな河合先生のことが好きなのかな。

アクセスする技術

河合　「偶然性」について、もう少し話したいですね。たとえば、十八世紀頃の西洋の小説には「偶然性」に関する記述が相当ある。ところが、時代が下って現在に近くなるほど、偶然のようなものを嫌う傾向があるでしょ。いままでは「偶然、主人公が誰かに会って、うまいこといきました」とか、「偶然に、なんとかがありました」というのをみんながいやがって、なんだかんだ必然でずっとつながって、うまく説明できる小説の方がいいと思っている。けれど、あれはおかしいと思うんです。本当の人生には、偶然の方がよっぽど多いもんね。

吉本　はい。ほとんどですよ。

河合　それでしかも、ぼくの体験で言うと、すごい大きいことが起きるのは、たいてい偶然だから。人間が計画して考えてやることは、たいしたことはなくて……。

吉本　気を抜いているときというか、なんでもないときにドカーンと……。

河合　そうそう、そういうようなことで、人はほんまに癒されるわけで。

吉本　あれこれ考えて備えたことは全部だめで。

河合　そう。で、もう全部だめだというときに、本当の……。

吉本　何かがパッと。でも、昔の人はきっと、何かこう、「夕空に鳥が飛んでたら、きっと獲物《えもの》はとれる」とか、そういうふうに生きてたんでしょうね。

河合　みんな、そういうことをおかしいとは思わなかった。いまの小説は、あまりにも説明可能。「現代の小説は空想科学小説だ」と書いたことがある。

吉本　全部、理由が求められる。

河合　それは本当の科学ではないわけ。まさにSFでね、悪い意味の。だから、本当に書くんだったら偶然がパーンと入らないと。

ぼくらの仕事の世界には「事例の発表」というのがあるんですよ。治療には、うまくいった場合もあれば失敗した場合もあるわけだけれど、それをみんなに説明する場なんです。話すわけ。「もう、あかんのちゃうかあって思ったら、バーッと偶然が起こって、サーッとひらけて」というようなことを発表すると、「そんなの偶然やないか」と。

吉本　（笑）

河合　そんな話、ただの偶然だと。ところが、そうではなしに、「ぼくはこう考えて、こうやって、こうやって、こうやって、こうやって治りました」と言ったら、それは治したことにはなる。そこには「偶然起こったことには意味はない」という考え方があるんです。だから、みんななんとか説明したくなるわけ。「どこかで偶然に治りました」というのは、発表としてはよくないと思われている。「それでは、治療者がどんな方策を講じてうまくいったのかがわからない」という非難が起こる。で、ぼくがよく言うのは、「うまいことといったやつは、わけわからんのや。失敗したのは、全部わけがわかる」。失敗した事例は、論理的に説明可能なんですよ。で、本当にうまくいった事例は、論理的に説明できないのではないかと思っているんです。

そうは言っても、先ほど吉本さんが言われたように、ものごとの流れ全体は、うまくできているとも言えるわけで。

吉本　本当に、うまくできていると思います。考えてやると失敗しますよね。

河合　うまくできてるね。その方が、ほんとやないかね。ぼくが「偶然屋さん」というように、偶然にうまいことといくということが、非常によく起こるんだから、やっぱりたいしたもんやと。作品だって、全部、そういうふうに説明可能な作品をつくるというのは、おかしいんちゃうかなって思う。

吉本　私としては、小説は読んでいる人が心を自由にする空間であってほしいから、そのなかには、そういうようなことがないと世界じゃないというか、そういう世界はできない。技術に関して言えることがあるとすると、技術は偶然にアクセスする最低限のものなんですよ。それがないと、結局偶然にさえアクセスできないと思います。ある程度のレベルを保っていれば、必ずどこかでフッて行けるんだけれど、技術が低いと、それに気を取られて、理屈っぽくなってしまうというか。

河合　それ、すごく面白い言い方ですね。それは、ぼくらの世界でも活《い》かすことができる。技術とは何か。我々の世界では、技術とは何かが常に問題になるんですよ。それの片方の極はね、「人と人とのことに、技術とはけしからん」と。「愛情があればいい」とか言う人がいるわけ。

吉本　民間信仰みたいなやつで。

河合　それは教育者に多いんです。「そんな、技術なんていう非人間的なことを言うのはけしからん」と。「人間が人間を愛するのが最高だ」とかいうやつに限って、ほんまはあんまり愛してない。

吉本　（笑）

河合　それは常にあるわけですよ。我々がやっている心理療法に対する批判をする人には、「信仰の力とか愛の力が本質であって、ちょこまかやっとるのはあかん」言う人が、教育界にも宗教界にも、すごく多いんです。

吉本　言ってることは間違ってないかもしれないけど、「やけどにいきなり味噌《みそ》をぬれ」というのと、あまり変わらない気がする。「いや、その前に冷やして、消毒もしてください」って言いたくなっちゃう。

河合　「やってごらん」と言いたくなる。しかし、いま言われた偶然にアクセスするための技術というのは、すごいもんやねえ。

吉本　それは最低限のものなんです。

河合　面白いねえ、それ。ぼくもそれを、もうちょっと上手に言おう（笑）。

吉本　（笑）パクられた。

河合　ちゃんと、あなたに聞いたと言います。

吉本　（笑）大丈夫です。

河合　南米産のバナナを食べてるって（笑）。それで、その技術というのは、もう少し詳しく言うと、どういうことですか？

吉本　小説に関して言えば、「思うように書ける」とか、「リズムをとる」とか、「ここは濃く、ここは薄く、というように強弱をつける」とか、そういうことを自分の筆で自由にできないと、本当に何かが降ってきたときに、それを表すことができない。河合先生のお仕事には、きっと何か本質的な技術というものがあるのでしょうね。「人を相手にしていて、最低限、緊張しない」とか、「家からその人に電話をかけない」とか、「一緒に外出しない」とか。うまく言えないけれど、本当に最低限の部分があって、それを普通にクリアしていないと、ぐちゃぐちゃになってしまう……。

河合　ひとつ言えることは、何かを言語化して伝えることができるかということは、とても大切ですね。

吉本　そうですよね。ただ向かい合って一時間、というだけではないわけですから、言葉で伝えることができないと。それと、言葉以外の部分で伝える説得力があるかどうか。そういうのって、敏感な状態の人には、とてもよく見えてるから。

河合　ものすごくよくわかるんです、それが。また、それが好きなんです。難しい人との時間というのは、なんというか、二人一緒に水のなかを潜っているようなものでしょ。こっちが息が切れて死ぬかというくらいのときに、フッとその人がよくなっていきますよ。「よくなってきました」って言われれば、こっちも「よかったですねえ」と言うでしょ。「それやったら今度、これしたらどうですか?」、「やってみます」。「たいへんやったねえ」、「先生のおかげです。先生がおられなかったら、もう私は死んでいたでしょう。先生のおかげで、ここまできました」。そうすると、こっちも嬉《うれ》しくなってきてね。この調子で次のステップに進もうと思うわけ。で、その人が帰っていって、「ついにここまできたかあ」なんて思っていると夜中に電話がかかってきて、「河合、今日の態度はなんだ。ちょっと言うただけで、嬉しいなりやがって」。

吉本　はあ……。本当に敏感な状態なんですね、その方は。

河合　ちょっと、こっちが浮いてるんですよね。一緒に浮いてるのはいいけれど、向こうより浮いてはだめなんです。

吉本 それで、さびしい気持ちになるんですね。

河合 面白いのは、二人で話してる間は、その人、そうは思っていない。こっちもサービスしてるし、喜んでるし。家へ帰って夜の十二時頃になったら、「なんだ、あいつ、のせられて」という気になってくる。そうすると、今度はまるっきり逆の方向に行くから。

吉本 言われたことを、「やってやるもんか」となっちゃうんですね。

河合 「ちくしょう。電話でもかけるか！」って、「河合、なんだ、おまえは！」。女の人がそういうものの言い方をする。そして、また失敗するのはね、それはそれで当たっているわけでしょ。だから、「あ、悪かった。言うべきではなかった」と言うでしょ。そうすると「先生、これは失敗ですよね」と言われる。「失敗でしたなあ」。それを聞いて「わかりました」となる。そうしたら翌日電話がかかってきて、「先生は昨日、失敗と言われました。じゃあ、訴えさせていただきます」。

吉本 わあ、難しい。どうしたらいいの？　困る。

河合 「先生は、ちゃんと自分で、失敗を認められた。専門家として間違っておられるわけだから、いまからでも相談料全部、返してください」と言うわけです。そんなのが、しょっちゅうある。

吉本 どうするんですか、その場合。ちなみに、いまのケースだとどうするんですか？

河合 いちばん大事なのは、「その人が本当に言いたいことはなんなのか」を知ることなんですよ。

吉本 その人が……。

河合 そう。その人が「ほんとに、何が言いたいのか」。

吉本 なるほどね。

河合 で、その人がいちばん言いたいことは、「このぐらいのことで、ウロウロするな」ということなの。こっちが、ちょっと失敗したって思うと、ウロウロってするでしょ。それが、その人の不安をかきたてるんですよ。よけいに不安になる。その不安を解消するためには、その人はむちゃくちゃ言うより仕方ないんですよ。「相談料、返せ」とか言うわけ。ぼくには、そんな経験はあまりないけれど、カウンセラーの指導をしているとそういう話をいっぱい聞くんです。「相談料、返せ」と言われたら、またクソ真面目《まじめ》な人が多いでしょ、「わかった。相談料、返します」……。

吉本 それは、相手ががっかりしちゃう。

河合　そう、がっかりして、「先生、『相談料、返す』と言われるんですか」って。

吉本　でも……。

河合　しゅんとしてるわけ。

吉本　でも、それこそ技術ですね。そのかけひきこそが。武士みたい……。

河合　「相談料、返せ」って言われたときに、「そんなこと言わんと、しっかりやっていこう。ぼくも頑張るから。もういっぺん、やろうやないか！」って言ったら、パッと終わります。ピタッと姿勢が決まったら。

吉本　そこで、「相談料、返す」とか、「訴訟するなら、こっちも仕返ししてやる」なんて言ったら……。

河合　泥試合になる。

吉本　恐ろしい。恐ろしいけど、素晴らしい話。

河合　だから、泥試合になる前にパッと立て直さなきゃならない。そうすると、たとえば「失敗した」って言うでしょ。「先生、失敗したんですね。訴えます」。「おまえ、何を言うとんねん」と。さっき言うたように「大打者はいつも打ってるか？ちゃあんと失敗しとるやないか。あれでプロで飯食ってんのや。少しぐらい失敗して、どこが悪い！」と、そこでパチッと言わなあかん。

吉本　そのタイミングを逃すと……。

河合　それ逃したら、ガヤガヤ言うわけですよ。

吉本　やっぱりそれは、プロの匠《たくみ》の技。

河合　その人がいちばん聞きたいこと、いちばん言いたいことにこたえねばならないと思っていたら、間違いないんです。

吉本　そういうのが本当の愛なのではないでしょうか。本当の技術だし、本当の愛。

河合　また、これもぼく、よく例に出すんだけど、「自分の臭《にお》いがする」というノイローゼがあるんです。変な臭いがしてきて、もちろん本当はしてないんだけれど。で、その人ははじめ皮膚科に行ったりするわけ。ところが皮膚科の先生は、どこもおかしくないから、「カウンセラーのところに行きなさい」。で、ぼくのところに来る。ぼくのところに来て、はじめは「いやな臭いがするんです」と言うけれど、「はあ」って聞いておったら他の話になってしまうんですよ、自分の心のなかの。「こんなとき、こんなやった」とか、「あんなことがあった」とか。「そうですか、また話しに来てください」。また来られて、そんな話になって、臭いの話なんてなくなってしまうんですよ、ぜんぜん。ひたすら自分の心の問題の追跡に入っていって、そして、そのまま進んでいって、きれいによくなったらなくなってしまう。ところが、うまいことといってないと思っていたら、あるときにその方がパッと入ってきて、ぼくの鼻のところに自分の体をもってきて、「先生、臭いするでしょう」と言うんです。そのときに、「臭いがする」と言ったら嘘でしょ。でも「しない」と言うと、ものすごく怒るわけ。自分では、してると思ってるから。「嘘つくな」とか、「勝手なお世辞言うな」。臭いが「する」と言ってもだめだし、「しない」と言ってもだめでしょ。そういうときに、「どっちにしようか」と思うのは間違いで、「そういうところに追い込まれているのはなぜか」と考えなければいけない。ものすごく切羽詰まって、ぼくを追い込みに来ている。何かあると思ったら、その前の回のことを思い出してね。「前の時間、あなたに会ったすぐあと、講演に行こうと思ってたから、どうしても時間が気になって、終わりの一〇分は、ちょっと本音で聞けなかった」と言ったら、「ああ」って、ちゃんと座って、もうそのことは何もなし。臭いのことは消えて、普通の話になる。すごく面白いのは、その人は、来て「先生、前の一〇分はちゃんと話聞いてくれなかったでしょう」とは言えない。

吉本　そう言ってくれればいいんだけど、言えないんですね。

河合　言えない。そのうちに臭いがしてくるんですよ。そういう形で出てくる。で、考えてみたら、その人は「臭い」という通路を持っているわけ。それが人に対するいちばんいい通路になっている。「臭いがします」ということで訴えてくる。それは「助けてくれえー」といちばん言いやすいところでしょ。

吉本　翻訳を間違っちゃうとたいへんなことになる。

河合　そのときに、そこの通路にこっちが入って、「する・しない」と言うと、答えがなくなるんですよ。

吉本　まわりの素人《しろうと》さんたちに「ぜんぜん臭くないよ」と言われ続けて何十年、という感じなんでしょうね。「臭うんだ」って自分で言っても、「いや、あなたは臭わない。大丈夫よ」って、ずっと言われてきたわけだから。

河合　その人にしてみれば、そいつらは「私の気持ちはわからない」人たち。「先生はわかる人」。だからといって「する」と言ったら、またおかしくなるわけでしょ、よけい。

吉本　「やっぱり、先生もするって言うんだから、本当にするんだ」って。難しい！　やっぱりたいへんな仕事……。

河合　そう。だからそのときに、いちばんもとの、言いたいところにかえって、そこで会うかぎり絶対大丈夫という自信を持っていたら、よっぽどのことを言われても。それが「臭い」だったらいい方で。「死ぬ」とか「殺す」になってくるからね。

吉本　そうなると自分もドキドキして、間違った方向へ行ってしまいそう。

河合　そうそう。ただ、ありがたいことに、ちょっとぐらい失敗しても向こうも辛抱して笑ってるから。もう、すっごい感受性やね。本当にあれには感心します。そういう意味で言うと、ありがたいと言ったらいいのか、そんな人間は滅多にいないからね。普通は、だいたいごまかしても通るもんね。

吉本　お茶とか飲んで、天気の話をして、「そうだったんだあ」とか言って。

河合　それがもう、まっすぐというか、そのエネルギーがすごいでしょ。だから、やっぱりちょっと逃げたくなるんですよ。でも、ちょっと逃げたら、バーンってくるから。

吉本　だって、みんなに逃げられ続けて、その部屋までやってきたわけですものね。

河合　そう。「おまえも逃げんのかあ」って。

吉本　最後にぐっと止めてくれるところを求めてるんですね。

河合　うん。その代わり、こっちも体調を整えてないとね。よく食べて、よく眠り、体調を整えて待ってて、で、パチンと止めたらいい。

吉本　先生の人生のなかに、うまくいかなくなっちゃった時期はありますか？

河合　そりゃあ、ありますよ。ものすごい考えました。

吉本　辞めちゃおうって思ったことは……。

河合　ありますよ。あんまりしんどくて。

吉本　やっぱり、そうですよねえ。

河合　「ぼくの方が病気になる」って思ったことがあるね。「ぼくが死ぬかもわからん」と。疲労で。

吉本　それをどういうふうに乗り越えたんですか？

河合　自分がわからなくなったときというのは、まだ自分のなかに、「ぼくが治そう」という気が残ってるんですよ。「こうすれば」とか「ああすれば」とか「こうしてあげたら」とか、どこかに残っているんです。それを越えないといけないんです。

吉本　はあー、なるほど。

河合　それから面白かったのは、ぼくのなかにクライアントを「治そう」という力みが抜けて、わりあいスーッと入れるようになったときに、作家の遠藤周作さんに会ったら、ポッとぼくの顔を見て、「あ、先生、変わりましたね」って言われて。

吉本　自分じゃわからなかったんですね。

河合　うん。

吉本　やっぱり感受性が……。

河合　たいしたもんやねえ。「実は以前は、先生の体のことを心配していたんです。でも、もう抜けられましたね」と言われて。さすがや、と思いました。で、そこが抜けたら、だいぶ変わりましたけどね。でも、そう言うても面白いもんで、ぼくは思うけど、人生には「抜けてしまった」いうことは、ありえないですね。

吉本　また、次のレベルの試練が……。

河合　そこで「抜けてしまった」と思ったら、もうあかんわけで。

吉本　「私は抜けたんだ。誰でも来なさい」（笑）。

河合　そうそう。そんなこと言いだしたら、あかんの。だから、ある線までは抜けるんだけど。ほんと、不思議で、きりがないというか。でまあ、なんというか、それにふさわしい、素晴らしい人が来るからね。天狗《てんぐ》になりかけたら、ならんように。

吉本　感受性の強い状態の人たちの力は、本当にすごくって、首をギューッて締められているような、グーッと押されているような、抜け出したくなるような力ですよね。

河合　それをみんな「いや、大丈夫じゃないの、頑張りなさいよ」とか言って逃げてしまうわけですよ。それにみんなやられてるから。

吉本　みんなに逃げられて逃げられて……。

河合　そして最後の砦《とりで》に来るわけでしょ。全勢力をあげて闘いに来るようなもんですよ。だから、こっちも、よっぽど。

吉本　それまで溜《た》めてたものがあって、それを全部ぶつけてくるわけですよね。

河合　長ーい歴史を持っているわけだからね。

吉本　それを個人の力で闘ったら……。

河合　そうそう、それをぼくだけの個人の力で闘って、治せるはずがない。ぼくは個人の力を、ほとんどあてにしてないから。だから、そういう人と会っていても、わりと疲れない。そりゃ疲れますよ、疲れるけれども、回復がはやい。ところが、自分で肩に力を入れてやっているようなものは、疲れの回復が遅いんです、よけいなところに力が入っているから。

フルートの教え

河合　興味深いのは、その基本的なところは、我々二人の共通の趣味でもあるフルートを吹くことも同じなんですよ。「俺が吹いてやる」などと思わず、肩の力を抜いてスッと吹いたらいい。それができへんのやね。つい、ガーッと（笑）。

吉本 肩に力が入って、呼吸が浅くなって。

河合 で、先生に怒られると「フルート以外のことは、ちゃんとやってます」なんて言い訳したりする（笑）。そのことは、さっきの技術の問題と重なってくるんです。

吉本 そうなんですよね。

河合 セラピーのときにはできていることが、フルートではできない。フルートは、フルートの技術と一緒にやらないかん。

吉本 吹けてたらたぶん、いまごろ本業を忘れちゃってフルートの方のプロになっていたり？（笑）

河合 そうそうそうそう（笑）。

吉本 フルートを習ってて癒《いや》されたこと、いっぱいあります。つらかったこともあるけれど。

河合 そういうことを知るというだけで、すっごい面白い。「ああ、一緒やなあ。やっぱり、できへんなあ」という面白さというか。わかっていながらね。基本は同じなわけでしょ。要するに、下半身がピタッと決まってて、スッとやればいいと。で、知らん間に下半身だけじゃなくて上半身にも力が入ってる（笑）。

吉本　なかなか音が出ないから焦《あせ》るし、みじめにもなるし。他のことはあんなにできるのに、これぜんぜんできないと思って、やけっぱちな気持ちになったり。でも、習って、ああいう気持ちを味わえてよかった。初心に帰るというか。

河合　そうそう。それで、またその教え方が、今度はぼくが人に教えるときに役に立つんですよ。先生の教え方がうまいと、「なるほどなあ」と思うわけで。

吉本　習いごとを、ちょっと馬鹿《ばか》にしていたけれど、「ああ、意味のある、奥の深い世界がある」と、いま思っています。

河合　習いごとをしている意味は、ものすごく大きいですよ。

吉本　はじめは「息抜き」と思ったけれど、息抜きなんかになりゃしない（笑）。

河合　「仕事で楽しんでるから、趣味で苦しんでいます」って言うてる（笑）。

吉本　でも、まさにそんな感じです。二、三年習って、ぜんぜん吹けるようにならなかったんですけど、最近ちょっとだけできるようになってきた。やっと音が出るようになりました。

河合　来年あたり、ぼくが吹くとき一緒に出てもらって、二人でしゃべって、あとアンコールでちょっと吹きませんか？

吉本　いや、私はまだそんな。「恋は水色」とか吹いてるんですよ。

河合　そんなんでいいですから（笑）。

吉本　絶対だめです（笑）。絶対だめ。緊張して死んじゃう。

河合　しかし偶然ですね、二人ともフルートを。別に、しめし合わせたわけじゃないですよ（笑）。

吉本　交際してるから（笑）。

河合　ぼくの場合は、学生時代、はじめてオーケストラを聴いたときに、オーボエの音がものすごくきれいだから、あれがやりたいと思ったんですよ。ところがね、値段が高いんですよ、オーボエは。

吉本　え？　そんな理由で？（笑）

河合　ええ。フルートは安いんですよ。フルートなら中古品だったら買えたんですよ、アルバイトすれば。ということもあってフルートに。いま考えたら、フルートの方が合ってると思います。そやけど、はじめはオーボエがしたかった。

吉本　当時、教えてくれる人は……。

河合　いましたよ、いっぱい。学生時代はアマチュア・オーケストラに入っていたんですけど、そのなかでも下手な方で、さんざん冷やかされて、だんだんいやになって、やめたんです。で、還暦を機に何かやろうと。

吉本　なるほど！

河合　そのときに、不得意なことをやろうやないか、と思って、それでフルートをやろうと。今度は先生につこう、いうことで習いに行きはじめた。やっぱり、習うことの意味は大きいです。

吉本　自分が天狗になっていたことが、フルートを習ってよくわかった。フルートまでうまくなって天狗にならなくていい。そして、何よりも人前で吹かなくていいのがいい。誰のためでもない、自分のために何かひとつだけしてみたくて。

河合　ああ、なるほど。それは面白いね。

吉本　他のことは、たいてい仕事につながっちゃうから。自分だけしか楽しくないことをひとつだけしようと思ったら、案外たいへんでした。本当はギターとか、そういうのをやりたかったんですけど、向いてなかったみたいです。たまたま占いに行ったら「あなたは前世でフルートを吹いていました」と言われたので、それをきっかけにして。そのとき、オカリナを吹く人に会う機会もあって、「私、フルートを習おうかと思っているんです」と言ったら、「楽器を習いはじめるときは、二万円とか三万円のやつを買っちゃだめだよ。嘘《うそ》でもいいから十五万円ぐらいのものを買うこと。そうしたらやめないで続けるから、そうしなさい」と言われて。それで習いに行きはじめた。そうすると、仕事では絶対にしないことをしてしまうんです。言い訳しちゃったりするんですよね、吹けないと。

河合　うんうん。

吉本　「あ、間違えました」とか。なんか言い訳っぽくって。

河合　ほんとにそのとおり。フルートやると自分の欠点がもろに出るんですよ。

吉本　音にも出るし……。

河合　あらゆるところに。で、まあ、ぼくぐらいの歳《とし》になったら、自分の欠点を隠すのが上手になって……、と思ってると出てるかもわからんけど（笑）、まあ一応いろいろ隠してるつもりでも、フルートになったら、そのとおり出るからね。

吉本　歌より、よっぽど出ちゃう。その日の気持ちとか体調とか。たぶん、それを技術で補えれば、どんな体調でも、どんな精神状態でも同じ音が出せるんだろうけれど、技術がないから、自分で吹いてて、「あっ、今日の気持ちって、こうだったんだ」とわかるんです。練習してて。今日はけっこう吹けそうだから長く練習しようかな、と思って向かうと、ぜんぜん息が出なかったり。自分で「いま元気」と思っていても、違うときにはそのことがすぐわかる。すごく練習したのに吹けない日というのがあって、「本当に練習してきたんです」って言い訳したりして。仕事じゃ絶対そんなこと言わないのに。子どもに戻ったみたいな気持ちでした。

河合　そうそう。はんまに、子どもみたいなこと言うてみたりね。

吉本　自分のなかで、ひとつのジャンルで突出してるという変な自信みたいなものが、他にも蔓延《まんえん》してるんだあって、大きなショックを受けました。「習う」ことは、とても面白い体験だった。

河合　ぼくは、フルートがよく夢に出てきたんですよ、吹くのをやめたあとに。やめて、よけいに。

吉本　へえー。本当に、求めていらしたんですね。

河合　というより、ぼくのできないことと結びついているんです、「だめだ、おまえはだめだ」というように。出てき方はいろいろあるけど、フルートがいろいろな格好で……。

吉本　象徴……。

河合　そうですね。特にぼくは感情表現が下手な方だから、そういうのがすごくはっきり出てきて。

吉本　フルートには全部出ちゃうんですよね、感情に限らず、全《すべ》て。悲しいときは、楽しい曲を吹いていても悲しい音になっちゃうんです。

河合　(笑)ほんまやね。

吉本　そう言うと、すごくうまいかのように聞こえるかもしれませんが、ぜんぜんだめなんですよ。本当に、やっと音が出るようになったところなので。

河合　耳のいい人たちには、ちゃんとわかるんだろうけど、ぼくは言われてもわからないんですよ。先生が「ここんところは、ちょっと高く」と言うので吹いたら、「よかったあ」と言われて。こっちは何がよかったのか、わからんのやけど、先生は一人で「よかった」言わはるんやけど。「そんなもん、次、できるかあ」と思って(笑)。

吉本　(笑)同じように吹くことも技術なんでしょうね。

河合　それと、フルートなら、少しずつですが進歩するでしょ。もう、他のことで進歩なんてないもんね。でもこれは目に見えて、ともかく練習曲が一曲できたというだけでも嬉《うれ》しいから。

吉本　私、はじめ名乗らないで習っていたから、フルートの先生が私のことを何者だかわからなかったんです。私がこの感じで、パッと行ったら、何してる人かぜんぜんわからないでしょ。主婦じゃないし、ＯＬでもなく、家事手伝いでもないし、でも暇があるみたいで……。本当に謎《なぞ》の存在だったと思います。

河合　（笑）それは面白いね。

吉本　そのフルートの先生が私のことを「得体が知れないなあ」と思っている気持ちが、すごく伝わってきて。一年ぐらい名乗らなかったんです。で、そのときに自分というものを、作家でないときの自分を見つめ直したというか。考えるものはありましたね。

河合　ぼくはいちばんはじめに習いに行ったとき、名刺を出したら、「えっ？」って言われた。「あの河合先生ですか？」って（笑）。

吉本　にせもの（笑）。

河合　どうも、にせものくさい（笑）。

吉本　私、それのおかげで、立ち直ったというか、よくなった点があるんです。以前、タクシーに乗ったときに運転手さんと深い話になって、職業を訊《き》かれたのですが、名乗れなかったんです、怖くて。でも最近、自分の職業をフルートの先生に打ち明けた頃から普通に言えるようになった。自分で言うと、すごく軽々しいですけれど、たぶんそれは、はじめに変なふうに売れちゃったときに、ものすごく傷ついて、それで言えなくなってしまったんです、初対面の人とかに。「えー、吉本ばなななんだ」と言われるのが、すごく怖くて。運転手さんは、別に知らない人だから言ってもいいのに、若い人たちに会ったときに、そういう反応にショックを受けた経験がたくさんあるから。「じゃあ、うちのいとこのはとこの結婚式のスピーチやって」とか、「友だちがミニコミ誌やってるから連載して」とか言われてきたから、すごく怖かった。自分では、そのときに「事務所を通してもらわないと返事できない」と、うまくかわしてきたつもりだったのに、実は自分の職業に対して負い目や引け目や、いろんな思いを持っていたんですね。だから、フルートも名乗らずに習っていたんです。そのうえ口ごたえはするし、練習はしてこないし、時間がないからしょっちゅう休んじゃうし、という最低の生徒として一年間やってきた。でも、そうやってきて、はじめて先生に名乗ったときに、なんかこう、「あっ、これは別に恥ずかしいことじゃないんだ」とわかったんです。それからはタクシーでも、初対面の人にでも「作家なんです」と言えるようになった。

河合　へーえ。で、先生の反応はどうでした？

吉本　「えーっ、まさかー？」となって。「家に帰って妹に言ったら『お姉ちゃん、馬鹿なんじゃないの？　普通、気づくよ』って怒られたのよ」と先生は言っていました（笑）。夕方の変な時間に暇で、ちょっと身なりはよくて、主婦じゃなくて……。

河合　（笑）ほんまやねえ、あれでもない、これでもない。だんだん消されて。

吉本　書く仕事とだけ言っていたから、「フリーライターみたいな感じなんです」って。「それで吉本さんっていう名字で、あの顔なんでしょ？　なんでわかんないの？　馬鹿なんじゃない」って妹さんに言われたそうです。すごく可笑《おか》しい。それ以来、先生とはとても仲良くなった。でも、だからといって先生も変わらない態度で。すごくいい関係になったんです。タクシーなどで思ったような、いやなことが起こらなくなった。

河合　それは面白いねえ。

吉本　「じゃ、儲《もう》けてるんでしょ？」と言われるのが、すごい怖かったんです。大人のおじさんに言われるのが、すごく怖くて。「俺なんて、リストラで」とか、そういう話になることを恐れていたのですが、「そうなんです。おかげさまで、うまくいってます」なんて言えるようになっちゃった。そうすると相手も「そうか、たいへんだねえ、頑張ってな」って。いい感じ。越えなきゃいけないものだったような気がします。フルートとフルートの先生が癒してくれた。それと、一年間黙って貫き通したことにも、すごく自信というか誇りを持ったし、そこで「あ、この人には言ってみよう」と決めたとき、それは自分のなかでいいことが起こった瞬間だったのだと思います。だって、みんな職業を持っているんだから、それは恥ずかしいことじゃない。でも、そういうふうに思っちゃったっていうこと自体が、自分でも、何か「病んでいた」というか、引っ掛かっていたんだなって。……で、もっとうまくなりたいんです、フルート。

河合　ぼくも「なかなか練習時間がなくて」なんて言ってるんだけれど、練習時間があってもしないんちゃうかな。「ない、ない」言うてるうちがはなで（笑）。

吉本　音楽は、言葉じゃないというところが、私にとっていちばんの魅力ですね……。言葉は専門だから、どんなふうにでも言ったり書いたりできるし。

河合　本当ですねえ。

吉本　自分のなかにないというか、ちょっと下手くそになっているところは、音楽のようなところ。他に、たとえばダンスとか、いろんなものがあったのですが、私の場合は、それは音楽だった。理屈じゃなくて、体と関係があって、それで自分の思うようにならないもの。

河合　そうそう。思うようにならないというところがいいね。腹立ってきて（笑）。

吉本　言葉だったら、なんとでもできるのに。ここをちょっと強くして、弱くして、そうすればいいんでしょ、なんて思うけど、なんともならないのが音楽ですね。

河合　小沢征爾《せいじ》さんのお兄さんの小沢俊夫《としお》さんという人がいるんです。昔話の研究者なのですが、昔話と音楽の共通点として「繰り返しが多い」ことを指摘しておられた。昔話って繰り返しが多いでしょ。昔話は、もともとしゃべるのを聞いていたわけだから、同じことを繰り返し言わないと、心に入っていかないわけですよ。音楽も、テーマを提示するときに同じ旋律を繰り返したり、転調していったり、第一主題、第二主題があったりと、それとよく似てるでしょ。小沢征爾の兄さんだから音楽に詳しいし、あれ、面白いと思いました。講演なんかでも、ある程度、似てるんですよ。講演でも繰り返しはあるから。

吉本　それと講演には、話に加えて声の響きとか、そういうものを聞きに来ているということもありますよね。

河合　それで、みんなわかってるのに、同じこと聞いて喜ぶわけやからね。それをちょっと変えるとか、展開するとか。コーダがやたらに長いとか。「どうだ、こうだ、どうだ、こうだ」言うて（笑）。

吉本　それが長い（笑）。

河合　それから、ぼくの場合は聞くことが仕事だから聞く方ばっかりでしょ。その聞いたたくさんの人の話は絶対外に出せない。

吉本　言葉に出したら、犯罪になってしまう。

河合　そのことに、はじめは気がつかなかったんですよ。やっているうちに、「あ、なるほどなあ」と思いました。フルートで、バーッと出しているということは。あれ、聞かされてる方は、たいへんやね（笑）。

吉本　それだけの力がこもっちゃうんですね、音のひとつひとつに。

河合　うん。それは意識しなかったんだけれど、自分の健康のためにはすごくいいんじゃないかな。聞いた言葉は、そのままでは絶対出せないわけだから。

吉本　そうか、出せないとわかっているだけで、溜《た》まっちゃいますよね。

なるほどの対話

河合　「対話」は、ぼくの職業ですから、これほど大事なものはないです。ぼくらは、そのなかで「聞くこと」を訓練されています。聞いて対話をするわけです。普通の人は、自分の言う方を優先しますから、そこに違いがありますね。

親子の対話で、親がよく失敗するのは、子どもに何か言うときに、たとえば、子どもが「今日は試験だったよ」と言ったら、親が先に「できた？」とポジティブな方を言ってしまう。あるいは「親類のところに行ってきた」と言ったら、「面白かった？」とね。半泣きになって帰ってきたのかもしれないのに。そうしたら、子どもも「ダメだ」と思ったときは、うつむいて「うん」って言うんですよ。「よかった？」言うたら「うん」、「また、これからも行ったらいいね」、「うん」。それは、対話しているようだけれど、大人が一方的にしゃべって、子どもは「うん」と言っているだけなんです。これは、ものすごく多い例なんですよ。

吉本　そういうことは、ある程度、訓練のようなもので変えていくことができるんですか？

河合　できるでしょうね。ぼくらは、訓練されているから、たとえば、子どもが「親類のところに行ってきた」と言っても「はあ」と言うだけで、どっちへ転んでもいいようにパッと構えて待っている。

吉本　現実というか、普段の生活のなかで、その訓練の形が出てしまうことってありますか？

河合　ある程度は出ますね。それでも普通の生活のときは、もうちょっと変えてますよ。というのは、普通のときにそれをやられたら、相手も困るでしょ。普通の会話というものは、はやいところ切り上げるようになってるんですよ。映画を見に行ったら、「楽しかったね」、「そうだね」、「またね」、「さようなら」。それが、映画見て、「楽しかったね」、「ほう」とやってたら話を続けねばならないでしょ。そうすると続くからね。続くということは、ヘタしたら危なくなるわけですよ。危ない世界に近づくわけだから。日常生活の会話は、そうはならないようになっている。ぼくらは訓練されているから、仕事の部屋へ入っているときは日常会話とまったく違うペースで対話します。

吉本 そうですかあ……。

河合 普通にしゃべっているようですけれど、すごく違うんですよ。それは訓練だと思います。二人の人間が会ってるということは、お互いに、ものすごく面白い影響のし合いをしているわけだからね。それこそ「昨日、大阪行ってね、大阪でものすごくイヤなことがあった」と言おうと思って相手の顔を見たら、ものすごいしんどそうな顔してたら、やめるでしょ。「行ってきたんだ」と言って、それ以上話さないですよね。向こうがパッと構えて待っていてくれたら、「ものすごいイヤなことがあった」って言うことができる。それで、相手が聞いてくれたら話は続くけれど、イヤな顔したら、そこでやめますよね。

吉本 なるほど。

河合　そのときに、相手の話が続くように続くように待ってるわけだから。そうすると、みんな普通だったら言わないことを全部言ってしまう。だから、はじめて話しに来た人が「私、こんなことを言う気はぜんぜんなかったんですけれど」と言うことが、よくあります。

吉本　つい、言っちゃう。

河合　その人の心のなかで圧力の高いものがバーッと出てくるわけ。普段は、そういうことを抑え込んで言わないようにしているから。

吉本　普通の生活のなかでは出せないんですね。

河合　日常では言わないことが出てくるんです、聞いていると。そんなことをいつもやっていたら、みんな迷惑するから。日常生活では、日常のレベルでやっています。それでも、普通の会話のときにも聞き役にまわることが多いです。

吉本　よく営業の研修などで「そういう技術を使いましょう」といった講習がありますよね。ああいうのは、どうなんですか？

河合　ちょっとやそっとでは、できないです。

吉本　付け焼き刃では。

河合　ええ。というのは、人と人とが会っているということ自体、もう違うことが起こるわけですから。

吉本　そうですよね。

河合　だから、付け焼き刃でやろうと思ったって絶対できない。よほど訓練されていないと。

吉本　「営業とか恋愛の場で、こういうふうにすると相手の心はこう動きます」なんて簡単なのがありますが、そんなことないんですね。

河合　そりゃあ、知ってたら、ちょっとは違いますけれど。相手に対する気持ちがあったら、聞こうという気持ちが出てくるんだけどね。だいたいは、みんな自分のことを言おう、出そうと思っているから。

吉本　人間は、そんなにいろんなものを溜めているんでしょうか、心のなかに。

河合　そうやねえ。やっぱり生きているということは、たいへんなことですよ。特に現代では、みんなものすごく溜め込んでいると思いますね。たとえば、「パリへ行った」とか言って喜んでいる人がいたとしても、東京からパリへ行くまでの間に、相当溜め込まないかんでしょ。本当はステテコいっちょで歌でも歌いたいのに、やってないし。それはそれで、すごいストレスでしょ。

吉本　思うままにならない。

河合 だから、みんな、好きなことをしているようで、いっぱい溜め込んでいるわけですよ。現代という世の中がそうやろうね。ぼくはよく「世の中が進歩すればするほど、ぼくの職業は忙しくなります」と言っているんです。

吉本 そうでしょうね。

河合 そういうことを溜め込みながら旅行していることを、みんな意識してないでしょ。「私、パリへ行ってきたよ。よかったよ」って自慢してるんだけど、腹の底には「面白くなかった」、「イヤだった」とか、「しんどかった」というものがある。でも、それは言えない。友だちの方も、「よかったね」って言うから、「きれいだった」という話ばかりをする。そこで溜まったものは、どっかで出さないかんことになる。それを出さずにいたら、どんどん溜まっていくわけで。人間は、いろんなところでこれだけの無理をしているんだから、ものすごくたくさん溜めていますよ。医学が発達したおかげで年寄りが死なずにいるからね（笑）。あれ、生きてる方もたいへんやし、まわりもたいへんやし。いろいろ進歩してくるほど、ストレスはすっごいですよ。

吉本 はあ……。「昔はよかった」というのは、そういう意味においては、あながち嘘《うそ》じゃないいんですね。わかりやすかったというか。

河合　そう、わかりやすかった。いまだったら、「コノヤロー」と思ったときに、そのまま言えることって、まあ滅多にないでしょ。

吉本　そうですね。人間、肉体の形は変わっていないわけですし。

河合　人間のもっとも自然な発露としては、「コノヤロー」と言うのがいちばんいいのに、「いやあ、そうでございましたか」とか、「お考えはよくわかります」とか言って、家に帰ってから、バーンって壁を蹴飛《けと》ばしたりしてるわけ（笑）。家帰って蹴飛ばしてる人は、まだいいんですよ。それすらも、やっていない人がいる。

吉本　ひそかに、グーッと溜めて。

河合　溜まっていることさえもわからない。そしたらもう胃潰瘍《いかいよう》にでもならんと気づかない。そういう意味では、ぼくは家族という存在に、とても助けられていると思う。家族には、「あいつはアホや、こいつはアホや」と言ってもいいからね。「そうや、アホや」って（笑）。新聞に載るわけやないし。そういうところがなかったら、たまらんのとちゃうかなあ。

吉本　そうですね。でも私は、そういうのをあまり人に言わない方ですね。言うときは言うと決めてガーッと言うだけ。小説に書くことも、あんまりないです。

河合　学校に違和感をおぼえていた頃も、そうでしたか？

吉本　やっぱり学校に行かなかった自分を見てみたいなあ。素晴らしくもなかったけど、いまみたいではなかっただろうなあ。だから、私にとっての学校みたいなものが、またあるかもと思っただけで、ドキドキ、びくびくしちゃう。ノイローゼになるんじゃないかと思うくらい怖いです。

河合　そのとき、その思いを誰かに話されたりはしなかったんですか？

吉本　「これがつらい」というエピソードとしては言ったかもしれませんが、「学校やめたい」とは言いませんでした。気づいてなかったんですね。

河合　「対話」とは少しニュアンスが違いますが、「対談」ということでいえば、ぼくは半分、商売でやっているようなものなんです、対談を（笑）。面白くない人とは、あんまりしません。面白くないと思ったら上手に断って。それでも、ぼくの対談集をご覧になられたらわかると思うけれど、聞く側にまわっていることが多いと思います。でも、ばななさんとの場合は、わりとしゃべってますね。面白いね。

吉本　じゃあ、私も頑張ってしゃべらないと……。私、「うん」って言って終わっちゃうタイプなんです（笑）。「うん」、「はあ」って。「テープ起こししたら、吉本さんのところは『うん』とか『そうですか』しか入ってなかった」と言われることが多くて、これでもしゃべれるように練習したんです、ものすごく。

河合　ぼくは、だいたい「はあ」とか「なるほど」ばっかり言うてるんです。それでいつも家内に言われる。「あなたは『なるほど』言うて、だいぶ金儲《もう》けしている」って（笑）。

吉本　はあ～（笑）。厳しい。じゃあ私もこれから「なるほど系」に切り換えよう（笑）。でも、そうしたら、「なるほど」「なるほど」「はあ」「なるほど」ばっかりになる（笑）。

河合　二人で。

吉本　二人とも。

河合　「なるほどの対話」言うて（笑）。

吉本さんにとって、話し言葉と書き言葉は違うものですか？

吉本　……たいていのとき、何かが足りないんです。どう言ったらいいんでしょう。面と向かって人をいやだなって思うこと、あまりないですよね。面と向かっているときは、その人のことを好きだと思っていても、結局、考え方が合わなくて生き別れになったり、いろいろある。そういうのが現実だけでは足りない感じがある。その、話し言葉では足りなかったところを書くという気持ちもあります。人間が生きていく場のなかでは、本当は説明したくてもしないことの方がたくさんあるから。

「あのとき親切にしてもらって、これほど嬉《うれ》しかったんですよ」というようなことを面と向かって言うのはいやらしいなと思って。そういうのは小説に書いた方がいいと思って、書いたりすることはありますね。そこがいちばん違うところでしょうか……。

私、本名を真秀子《まほこ》というのですが、大学生のとき友だちに「真秀子ちゃんの話、手紙みたいだよね」って、よく言われました（笑）。「今日は、どうも、本当にありがとうございました」というようなことばかり言っているから。「じゃあ、気をつけて帰ってね」とか、いちいちちゃんと言っていたらしくて、「手紙のようだ」とよく言われた。だから話し言葉も、書き言葉の方に、ちょっと汚染されてるんだなって思ったことがあります。

河合　ぼくは書くものが話し言葉に近いですね。話すように書いているんです。

吉本　そうですね。

河合　というのは、あまり文章に一生懸命になってないからだと思いますね。文章で、どういうふうに表現するかとか、文章自体に対してほとんど意識がない。言われたら言われた枚数だけワーッと書いて、終わり。

吉本　（笑）

河合　講演と同じ。

吉本　そんなことができるって、すごいことですよ（笑）。

河合　いやいや、本当にあれはねえ、見直しはじめたら直さなきゃいけなくなりますよ。でも、ぼくは面倒くさくて。どう言うたらいいのかな、ぼくは文章で勝負してるんじゃなくて、まあ、ぼくの場合は中身だから。それと、ぼくは理学部にいた理科系でしょ。理科系というのは文章はいらないわけ。内容がちゃんとしているか、ファクトがどのくらいあるか。そういう考え方が強かったから、文体なんていうのは、あれはおかしいと。要するに中身がちゃんと書けていればいいわけで、「『文体』なんていうのは中身のないやつが言うことだ」と威張っていたんですよ。この頃は絶対文体はあると思いますけれど。昔は、そんなことを思っていなかったですね。書きたいと思うことをワーッと書いて枚数がきたら終わり、と。

吉本　はあ……。ほんとに向いてらっしゃるんですね。

河合　いや、そのうち真面目《まじめ》に文章を推敲《すいこう》するようになったら、「この頃は、ぜんぜん面白くなくなりました」って言われるんとちゃうやろか（笑）。文章を推敲しようと思っただけで元気がなくなるんですよ。もう一度見直さなきゃいけないと思っただけで、ぞーっとしてきて。「一回で終わりや」と思うから「こんちくしょう、やれえ」と思ってやってるけど。

吉本　私の場合は、自分のなかで書く方が突出しているから、他のことが追いついていないので、たぶん、こう、切ないんだと思います。だから、そういうふうに、話したのに追いつかないことを書くとか、どんどんどんどんそういうふうになっていっちゃうんでしょうね。極端に言ったら、ひと言もしゃべらないで、みんなの様子を見て書いたりする方が向いてるんだと思うんですけど（笑）。人間、そんな極端にできていないから。毎日のなかで、生きていかなきゃいけないし。風邪をひいて声が出なくなると、すっごく幸せですよ。

河合　（笑）ぼくは聞く側にまわらないときは馬鹿話《ばか》をしてますよ（笑）。何より好きです。

吉本　そんなにも楽しいことなんですね、馬鹿話。何よりも、とまで（笑）。

河合　馬鹿話は好きですね。毒にも、クスリにもならないやつ。

吉本　いいですよね。

河合　そういうときには、すごい元気が出て、しゃべりまくってね。お話をするのは、うまいんですよ。それは思いますね。昔ね、「七十歳になったら、扇子一本持って日本中まわって講演する」と言ったことがあるんです。いまはもう、その気はないですけれど。それでこの間、詩人の谷川俊太郎《しゅんたろう》さんに会ったら、「河合さん、『扇子一本持って日本中まわる』って言ってたでしょう。一本ではあかん、二本やで」って言うんですよ。「なんで？」と言うたら、「センスとノン・センスや」言うて。

吉本 深い！（笑）。

河合 「センスとノン・センスを持ってまわれ」と言うから、「それを日本（二本）の講釈師と言うんですよ」って言ったら、今度は谷川さんが「なんで？」。ぼくはそこで「日本（二本）の講釈師、天晴《あっぱ》れ」と言いながらパッと扇子を開いて、「奥義《おうぎ》（扇）を極めました」（笑）。

吉本 うわあ（笑）。どこまでも続いて、誰にも止められない。組み合わせが悪い（笑）。

河合 そういうこと言いだしたら、なんぼでも続く（笑）。馬鹿話は、とどまることがありません。

小説の持つ力

吉本　カウンセリングの現場で、クライアントの方に小説を勧めたりすることはあるのですか？

河合　それは、ものすごく慎重になりますね。だいたい「何かしなさい」というのは、だめなんです。「この本、どうですか」なんていうと、その人は「読まなければいけない」と思うでしょ。「読まなかったら来れない」なんていう人もいる。「先生の宿題をやってない」って。だから、よほどでないと。非常に少ないです。治療する側の人たちの訓練のためには勧めますよ。それこそ『アムリタ』（新潮社）を読みなさい」とか。カウンセラーやセラピストに勧めるということはあります。自分のクライアントに勧めるのは、ものすごく慎重になります。

吉本　私、どこかに行って「これ、読め」って『アムリタ』を出されたらいやかもしれない！

河合　それこそ、言われるだけでいやな人もいるしね。ただ面白いことに、こういうことはあるんです。クライアントの方がぼくのところに来られるでしょ、「どんなですか？」と訊《き》いたら、「私は、もう『人間失格』の主人公と同じなんです」と、そういうことを言う人がおられる。で、それが偶然に続く日がある。午前も午後も『人間失格』（笑）。そういうときには、必ず読みますね。

吉本　それは、「そうですね。

河合　クライアントの方が言われたものを全部読んでたらたまらんけど、そんなときは読みます。それから思春期の人の場合は、その人の言うものを読んだり見たりすることが多いです。思春期の子を理解するのは、ものすごく難しいでしょ。「こんな音楽が好きだ」と言われたら、聴いてみたりしますよ。大人の場合は「それの、どこがいいんですか」と話をしてもらいながら進めていく。こちらからということは本当に少ないですね。でも、ぼく自身は本をあまり読まない。好きな人のものは読みますが、本を読むのがあまり好きじゃないから。それで本を読まなくてもいい職業についたのかもしれませんね（笑）。

吉本　私も（笑）。

河合　時間がないから読んでいられないんです。子どものときは好きだったんですよ。いまはちょっと、時間がなさすぎますね。

吉本　本って、やっぱりひとつの覚悟がないと読みはじめられない。でも、活字じゃないと癒《いや》されないことが絶対にある。

河合　ありますね。

吉本　旅行に行って、「本当にこの本と自分は友だちみたいだ」って感じたことがいっぱいあります。他愛《たわい》もない本でも。特に日本語がない環境だったりすると、日本語に飢えてくるんですよね。すると言葉が体にしみてくるように思える。重くても持って歩きたいと思うくらい親しくなる。

河合　そうそう。ぼくも旅をするときに、本がないのとクラシック音楽をまったく聴かないというのは、かないませんねえ。ホテルのＢＧＭでもいいから。

吉本　私の小説に、どんな印象をお持ちですか？

河合　やっぱりねえ、普通の人が言っている「やさしい」とかいうやつの、もうひとつレベルが深いところがありますね。それが吉本さんの作品には書かれている。そういうことをわからない人が多いんですよ。そんな人たちに、吉本さんの小説を用いて説明することがあります。それは、セラピストたちに対して。セラピストでも、そういうことのわからん人、だいぶいるからね。そういう人たちに、すごく説明しやすいんです。小説というものは、肉づけされているからわかりやすい。理屈だけじゃないから。それを読みながらやっていく。そういう点では、ほんまによう使わせてもらってます。特に、青年期の深いところというのは、普通なかなか書けないのでね。

吉本　最近、やっと、少し思うとおりに書けるようになってきました。

河合 ああいうことをわかって読んでる人が、たくさんいるんだけれど、そういう人たちも、自分のなかのモヤモヤっとしたものが、言葉にならないわけですよ。何かがある、あると思っている。でも、大人に何か言われると、「そんなんじゃない」。それが書いてあるから嬉《うれ》しいわけです。「これだあ」って思う。

吉本 あまり大人のことはわからないけれど、思春期や青春期の人の、なんとも言えない気持ちに対しては、ずっと責任を持っていきたいと思っています。

河合 それが書けているわけです、言葉で。だから、みんなが読むの、あたりまえやと思いますね。そして、青年期にはみんなそうだけれど、日常の世界と非日常の世界が入り混じっている。どこまでがどっちなのか、わからなくなってくる。日常といえば日常だし、まったく非日常といえば非日常だしということがあるわけ。ところが、それがちょっと振れると、お母さん方がよく「私は何も言ってないのに子どもに殴られた」、「何もしてないのに不機嫌になった」と言うけれど、してるんですよ、お母さんが怒られたり、子どもが不機嫌になるようなことを。それを、日常の次元から見たら、「ちょっとドアを開けて『ご飯ですよ』って言っただけなのに」となるけれど、子どもから見れば「侵入された」ことになる。その侵入を防ぐために殴りに行っているんだけど、それは親にはわからない。で、子どもの方も、殴ったあとで自分を責めてる子もいるわけですよ。「なんであんなことしたんだろう」と。

吉本　「ちょっと入ってこられただけなのに、殴ってしまった」って。

河合　自分でもわかってないんだから。

吉本　それが青春の気持ちかもしれない。

河合　そのへんを書いてもらっているというのは、すごく大きいと思います。ひと昔前の青春の波とか嵐《あらし》というのは、もっと表面的で次元が浅いんですよ。そこをもっと突き抜けたところまで書いているものは、非常に少ない。

この間、「日蘭《にちらん》交流四百年」とかいうイベントがあってね、オランダとの。それで、人集めにしゃべらせられたんだけれど、そのときに、ベートーベンの序曲「エグモント」を話題にしたんです。エグモント伯はオランダの人間なんです。で、しゃべるためにゲーテの戯曲『エグモント』を読んだんですよ。内容は恋愛のお話で、エグモントという貴族がクレールヘンという町の娘を好きになるんですね。まあ当時だったら貴族が町の娘を好きになることはないんだけど、好きになって、エグモントがスペインから独立しようというような運動を起こして悲劇が起こる。そこで面白いのは、実際にエグモントという人間がいて、スペインから独立しようと思って悲劇があったことなどは全《すべ》て史実のとおりなんですが、クレールヘンなんていう女性は実在しないんです。で、エグモントは、実際は結婚して子どももたくさんいるんだけれど、ゲーテはエグモントを独身にして、クレールヘンとの恋愛を書いてるんです。それを批評家たちは「どうも、恋愛だけポーンと入ってきて、おかしい」と言うんだけど、ぼくに言わせると、それがストーリーに火をつけている。

吉本　はい。

河合　クレールヘンという、身分が違う、普通なら絶対愛さないはずの人を愛するということで。それから、クレールヘンがいることで、「町のために」というような非現実的な火が燃えるわけでしょ。そういう恋愛を描いているから意味があるんだということを言いたかったんです。しかしこの頃《ごろ》は、そういう恋愛がなくなってきてるね。というのは、みんな現実が見えすぎるから。恋愛には、いろんな面があるけれど、どうしても時代による流行《はや》りがありますね。

吉本　恋愛の形に……。

河合　ゲーテの時代には、そういう恋愛が流行っていたわけ。それでみんな、恋愛とはそういうものだと思うんですよ。不思議でしょ。そして結婚したら幸福になると信じていた。しても、ぜんぜん幸福にならへんけどね（笑）。

吉本　（笑）現実には古今東西そうなのですね。

河合　ところが、この頃の人は、結婚しても幸福にならないということを知りすぎている。

吉本　そうですね。

河合　そうすると今度は、そればっかりになってくるわけ。でも、ゲーテが描いたような恋愛だって、いまでも有効だと思うんですよ。つまり、それほど恋愛というのは多面的で面白いものなんだけれど、やっぱり、こう、時代の流行りがあるというか。近松の時代は心中せなあかんかったんやろうし（笑）。

吉本　はい。心中、流行ってたんでしょうね。究極の愛の形は心中だったのでしょう。

河合　だから残念でね。いまみたいに自由なんだったら、いろいろやればいいのに。

吉本　いまこそ、選り好みできる時代なのに。昔は、親の決めた人とでなければ、だめだったりしたわけで。でもいまは、個人と個人で恋愛できる時代だから、もっとみんな夢と希望を持ってほしい。

河合　ところがいまは、違う方に行ってしまって。いまの若い人たちは部分的にエグモントとクレールヘンみたいなことを味わってると思うけどね。それ言うのは恥ずかしいから言わないいんじゃないかなあ。どうやろ？

吉本　どうでしょう。でも若い人たち、心がピュアというか、小学生みたいで。やっぱり十歳引いた感じですね。

河合　（笑）なるほど。

吉本　だけど体が大人だから、ちょっとバラバラな感じです。

河合　ああ、そうやねえ。それもあるねえ。

吉本　でも中身は小学生で。だから小学生の男の子が小学生の女の子を好きになる感覚で、実際に深く肉体的にもお付き合いしちゃうんですね。

河合　しかも、かつては中学生時代というのは男女離れていたわけですよ。離れている時間があって、パッと一緒になったわけでしょ。いまはずっと一緒。なんだか妙に現実を知っているところがありますよね。これもまた難しいねえ。そんなことないですか？

吉本　ありますね。テレビで見るとすごいびっくりする。小学生でセックスしたことがある人が二割もいる時代なんですよ。

河合　へーえ。

吉本　だから、体は大人で中身は幼児のまま恋愛しちゃっている。はやいうちにそういう体験をしてるから、だんだん夢も希望もなくなっていっても無理はないと思います。

河合　そうやねえ。ほんまに、生きるのは面白いと言えば面白いけど、難しいと言えば難しい。

吉本　ますます難しくなってきている。昔の人は親の決めた人と結婚するその日まで会ったことがなくて、そういう感じだから、よりいろいろ期待したりドキドキしたり、つらかったり諦《あきら》めたり、自分のなかで収めてきたけれど、小学生で誰かと付き合っちゃったりしたら、そのあとある意味、夢も希望もないですよね。すごい時代だなあって思います。十歳引いたくらいと思えば、四十歳なんてまだまだ適齢期といえるし、そういう意味では幅が広くなったとも言える。

河合　そうそう。ただ、子どもを産む年齢には限界があるから、それが難しいね。

吉本　それだけですね、問題は。だから、自分が成熟して「子どもが欲しいわ」と思ったら四十八歳とかになっている可能性がありますね。

河合　アメリカでは四十代の出産がものすごく増えましたよね。

吉本　だから、そのぶん医療とか医学とか科学技術が発達して……。それは、時代がみんな十歳引いたくらいだからなんだなあと思います。体力もわりと十歳引いたくらいはあるのかも。

河合　ぼくのまわりにもいますよ。昔は成熟もくそもない、社会全体の枠組みのなかで決められて、役割を果たすために結婚してたわけだけれど、いまそっちを取り払ったわけでしょ。そして個人になってきたわけだから。それはたいへんですよ。

吉本　私くらいの世代だと、親の名前を継ぐとか、家名を残すといった意識がまだあるけれど、いまの子どもたちには絶対にないから、そうしたら面白くなるのでは。

河合　で、それほど人間は強くないからね。個人で切り拓《ひら》くというのは、たいへんなことだから。よっぽどの人でないと。だから、普通はそれをやらない代わりに、家とかなんとかで守られてるわけで。「うるさい、うるさい」言いながら守られてるわけなんだけれど、いま、それが全部取っ払われた。

吉本　本当になくなってるから、みんな孤独だろうし、深刻だろうし。その分、求める力もすごく強いと思います。それや、何かに属したり、つながることとか。

河合　だからこそ、吉本さんの小説を読む人もたくさんいるわけだけれど、そういう人たちに、もっとメッセージを送っていいと思う。みんな、いろいろ考えてるんだから。

吉本　とにかく、なんていうんだろう、自分はそんなに変じゃないというか、自分の価値観は特異なものじゃないという気がするし、人間が存続するにあたって害になる価値観を持っているようには思えないから、「ここに頭のハッキリした人がいるよ」っていうのは、小説を通して伝えていきたいし、ちょっとした、「風が吹いたら木が揺れた」とか、そういうことで人間がどんなに豊かになれるか、というようなことは、ずっと書いていきたいですね。そういうことの積み重ねというか。そういうのがいいんだよっていうことを。

人間が生まれてくる、その意味は何かって考えると、なんらかの形で社会に参加することだと思うんです。社会に参加するというのは、他の人を助けるという意味だと思う。どんな形ででも。それは私にとっては小説だから。どんな仕事も、社会とか自分が生まれてきたことに対する愛情みたいなものを表現するものだと思うんです。どんな仕事の人でも。主婦でも。そういう意味では、自分にとってそれは小説を書くことだから、そこだけは、やっぱり。だって、自分の好きで書きたいだけなら家で書いてればいいわけで、そうじゃなくて人に見せるということは、やっぱり人の役に立ちたいという気持ちがあるからですよね。ちょっと気晴らしになるだけでもいいから、「役に立ちたい」っていう気持ちがあります。

これしかできない

河合 ある雑誌のインタビューで、ばななさんは「自殺を止められるようなことを書きたい」とおっしゃっていますね。

吉本 止めるといっても、永久に止めるのは無理だと思いますから、二時間。「この本を読んでいる間は、ちょっと死ぬことを忘れてたから、もう今日は寝ちゃおうかな」というふうになるような小説が書きたいですね。「いま私が悩んでいる、自殺の方が深刻なんだよね」って、読み終わってもその気持ちが残っているようだったら、あんまり意味がないから。「一瞬忘れた！」という、その一瞬の隙《すき》に入り込みたいというか、そういう感じですね。もしも、その二時間の積み重ねで結局自殺をやめてくれたら最高です。

河合先生のお仕事は一日とか一瞬ではなく、自殺を物理的に止めるお仕事ですね。

河合 でも、「止めよう」という方に傾いたら、だめなんです。「自殺したい」と言って来ておられるんだから、「したい」というところから始まらなきゃいかんわけ。

ところが世の中には、そこから話を始めない人が多いんですよ。「自殺したい」と言った途端に「やめとけ！」と言うでしょ。それでは話が始まっていない。

吉本　百万人が百万人、言っちゃいますものね。

河合　ぼくらは「自殺したい」という人の話を、ずーっと聞いているわけです。「死にたい」ということを。「死にたい」ということをとことん、行くだけもうずっと。だいたい「死にたい」ということを、わざわざ話されるということは、単に死にたいのとは違う。本当にただ死にたい人は言わないからね。だから、「死にたい」と言っている人には、それだけの何かがある。それは、ものすごい強烈ですけどね、「死にたい」というのは。しかし、それで生きるようになった人が、その当時のことを思い出して、「『死にたい』という言葉でしか、自分の『生きたい』という気持ちを表現できませんでした」と言われた。これ、すごくよくわかる。

吉本　そうですねえ。

河合　自分で「生きたいです」なんて言うたら、あかんわけよ。「あ、そう。ほな、頑張って」ってなことで（笑）。その意を汲《く》めば「生きたいということが、どんなに困難で、どんなにたいへんで、やっぱり死んだ方がいいというぐらいのところなんだ」ということになるのでしょうが、「死にたい」としか言いようがない。

吉本　私の場合なら、本当に安っぽく書こうと思ったら、「いま、自殺したいあなたへ」という小説を書けばいいわけで。そうじゃなくて、まったく別の世界をバーンとぶつけることで役に立ちたい。自殺の「自」の字も出てこないような小説なんだけれど、そういう人がちょっと二時間、読んじゃったら、一瞬「あれ？　ちょっと違った、ちょっと気分変わってる」となるような、そういうことができたらなあって、いつも思います。

河合　死んでいこうという人は、世界が非常に狭くなっていますからね。

吉本　気持ちをよそに飛ばす隙間がぜんぜんなくて、音楽を聴いてもテレビを見ても、誰に会っても、「だめだ、だめだ、だめだ」って思ってるはずだから。そういうときに、「ちょっと笑った」とか、「いまちょっときれいだと思ったかな」とか。それぐらいでもいい。風穴じゃなくて、なんだろう、そういう何かができたらと思う。

河合　それから、ばななさんの作品を読んで「苦しんでるのは自分だけじゃない」ということがわかるのは大きいね。

吉本　「ああ、みんなこんなもんなんだ」って。

河合　「自分だけが苦しい状態にあって、みんなはうまいことやっている」と思っている人が多いわけだけれど、小説を読んだら、「ここにもいる。なんだ、いっぱい。

あっちにもこっちにも」というのがわかるわけでしょ。それだけでもずいぶん違いますよ。「自分と同じような、あるいは自分よりも深い苦しみのなかにいる人が、ここにもいる」と感じさせるように書く、そこが技術なんですね。それができないとだめで。「あなたより苦しい人はいっぱいいますよ」って、そのとおり書いたってだめ（笑）。「しっかり生きなさい」と書いたって、ぜんぜん意味がない。

吉本　そういうのは本当に表面的なもので。やっぱり、痒《かゆ》いところに手が届くような感じだといいなあと思います。でも難しいですね。自分のノリで書くと、それはそれで浮わつきすぎちゃうし……。微妙な線なんですよね。でも、私はそれを一生追い求めて生きていくんですね。

河合　本当に、ぼくらが会っている人たちにも思いますが、微妙な線でスッと通ったら通るけど、ちょっと行かなかったら、もうだめやもんね。

吉本　まっすぐ行かなきゃ、と思ったらもうだめになっちゃうし。やっぱり自分をたのみにしていないとだめです。自分をたのみにしていれば、相手も自分をたのみにしてくれるんでしょうね、たぶん。

河合　この間、アメリカ先住民ナバホの人に会いに行ったんですよ。笛吹いてるんだけど、実際はシャーマンだったという人。その人が、Honesty＝謙虚であるということと、Believe in Myself＝自分を信じること、このふたつがシャーマンの条件だと言っていました。これ、当たってるでしょ。

吉本　はい。

河合　謙虚であって、そして自分を信じている。このふたつがないとだめだということには大賛成で、それは我々にも通じることですね。その Believe in Myself は、ちょっと振れたら傲慢《ごうまん》になってくるからね。「謙虚」も、ちょっと振れていったら自信がない状態につながる。

吉本　そうですね。そのふたつがピタッと同じ重さでつり合ったら大丈夫なんですね。

河合　そのバランスをとるのは難しいねえ。言ってしまえば簡単だけど。

吉本　「自分は大丈夫だ」と思ったらそれは嘘《うそ》だし、「だめだ」と思っても嘘だし（笑）。難しいところ。でも文字どおり、本当にそうだと思います。

河合　小説を書くことにも、そのふたつのバランスが必要でしょう。そして、そこに人間がちゃんと生きていないとだめだから。

吉本　小説全体が生きものですからね、制御したりできない。

河合　頭でつくってるのと違うから。

吉本　ゴニョゴニョした生きてるものをなんとか形にまとめるっていう感じの作業で、

それは手先の技術ですね。ゴニョゴニョした生きものを、なんとか小説という枠のなかにまとめていくという感じなんです。あんまりいじるとグチャって死んじゃうし、死ぬと死んでるやつを提出することになるし、すごくたいへんです、そのへんは。命を消さないようにするのが。いまだに、できないときもあります。

河合　そういうのを中途で放棄する場合もあるんですか？

吉本　寝かしておきますね。「ちょっと寝てて」って。そうすると、『あ、また生きてきた』。そうしたら、その生きてきはじめたところをグッと摑《つか》んで、うまくもっていく。すごく、そういう感じです。相手は生きもので、私がつくったものじゃない感じ。「ゲゲッ、死んでしまった」とか言って、ポイッて捨てちゃったり。で、それがごみ箱のなかで復活してると、それを出してきたり。

河合　それから向こうが、いきいきと勝手なことをやりだすから、こっちが負けてしまうこともあるね。こっちが収拾つける間に。

吉本　それが競走馬のように、最終的にゴールに到着してもらわないと困る。パカパカって、どっか行っちゃったら、もう私の小説じゃなくなっちゃう。ちょっとだけ自分の手綱をつけたりしないと。

河合　それは楽しい作業ですか？

吉本　苦しいことの方が多いかなあ。それでも、やっていこうと思うのは、それしかできないからですよ。だって、みんな何かして働いてるわけだから、私も何かして働こうって思ったら、これしかないですもん。

河合　ぼくも、これしかないですよ。これしかできないんだから、しょうがない。ところが、ぼくらの仕事にはわかりにくいところがある。ばななさんだったら作家でしょ。スポーツマンだったら、このスポーツとか。ぼくらは、人を助ける仕事なわけですが、ぼくらの仕事に就いた人のなかには、はじめ自分の職業の内容がわからない人が多いんです。

吉本　はーあ。

河合　ぼくも数学やってたみたいに、この世界には、はじめ他のことをやってた人が、わりにいます。アイデンティティで名高いエリクソン、彼は絵描きですよ。

吉本　ああ、なるほど。

河合　ぼくが行ってたユング研究所でも、はじめから心理学やってた人の方が少ないみたいですね。人が何かするのを助けて、それが仕事というんだから、ちょっとわかりにくいですよ。

吉本　ユング研究所は、どこにあるんですか?

河合　いまは世界中にありますけれど、はじまりはチューリッヒです。ユングがいたからね。それから、そのインスティテュートがニューヨークにもできる、サンフランシスコにもできる、というふうにあちこちにできましたが、もとはチューリッヒです。で、ユングはユング研究所をつくるにあたって、ものすごく悩むんですよ。つくらない方がいいんじゃないかと思うんです。

吉本　そういえば、「あんな暗い自伝は読んだことがない」というくらい暗い自伝でしたね（笑）。

河合　そんな形の決まったことをやると、ろくなことがないと。で、だいぶ悩むんだけど、結局はつくるんですね。でも、だいぶ抵抗したんです。それはわかる気がする。作家の場合は、作家の学校はありえないですよね。

吉本　いえ、アメリカにはいっぱいあります。

河合　アメリカ、わからんねえ……。

吉本　でも案外、そこからいい作家が出たりしているから、よくわからないですね。

河合　そやけど、そこ出たからって全部書けるわけないからねえ。

吉本　ユングは、なぜ悩んだんですか？

河合　やっぱり、一人ひとりは違うから。インスティテュートでやると、どうしても形が決まってきちゃうでしょ。

吉本　そうかあ。すごく不思議に思っていたんです。

河合　あまりにも一人ひとりが違うことをやっているわけでしょ。いまでもユング研究所はルールの少ないところですよ。そして、ルールを破っても、頑張って破れば、ちゃんと認めてくれますよ。論戦して頑張れば。「おれは違う」と言って頑張れば、みんなが「よし、あいつは認めてやろう」と、そういうところがあります。それは、いいところですね。

吉本　そういうことを教えることができるのか、すごく疑問だったんです。

河合　やっぱり人間対人間、一対一です。いい意味での徒弟制度ですね、根本は。

吉本　やっぱりそうですか。

河合　行って自分の師を見つける、先生を見つける。これが最初です。そのときに、行っていやだったらやめたらいいんです。で、また探すんです。ぼくの場合はピタッと見つかったからよかったけど。その先生が見つからなかったら、なかなかうまくいきませんね。その一対一関係が基本ですから。毎週毎週会いに行くわけでしょ。毎週、言い合いしたりするわけだから、そりゃ相手もよっぽどじゃないとね。多いときは週二回とか三回とか、そういうときもあるし。

吉本　それで鍛えられていく……。
河合　相当、鍛えられますね。
吉本　そういう世界には、そういうことがあるんですね。
河合　ばななさんは、心理学の本なんて読みますか？
吉本　ちょっとだけ……。
河合　心理学の本を読んで、その本からヒントを得て、というのは絶対だめです。
吉本　絶対だめって……（笑）。だめとまで。
河合　ヘタにそういうのに合わそうとすると、だめなんです。創作は、そういうのを突き破るわけだから。なんぼ読んだって構わないけれど、読んで、破られて、読んで、破られてでしょ。理屈が先行すると、つくり話になりますよ。
吉本　そうですね。そうすると死んだ感じになってきます。
河合　そうそう、死んでくる。
吉本　生きてるのをつかまえるのは、本当に難しい。
河合　ほんとやねえ。
吉本　十回に一回くらいしかうまくいかない。
河合　それで、うまいこと「つかまえた！」と思ったら、もう死ぬし。

吉本　それが、あとになってまで生きていられるものかどうかを見極めるのが難しい。そのときは生きていると思っていても、案外ベッタリしてたりして。その勘どころは、やっぱり十年やっても、ぜんぜん。それこそ「これならできる」という方程式のようなものがあればいいのにって思います。

河合　それが、絶対にない世界ですからね。

吉本　自分にできることは、体調を整えておくことと、技術のレベルを落とさないことしかないから、「それで呼び込むことができるか」ということですね。厳しい職業ですが、楽しいです。生きものを扱うのは、やっぱり楽しい。私の頭のなかにある空想を、ただ書いているだけだったら誰も面白くなんかないはずだから。みんなの持っている深いところへ一緒に降りていかないといけない。でも、そこでは、みんなに出会えるから、それが楽しい。たぶん河合先生にも出会えるし、書いている仲間とか、いままで書いてきた人たちと出会うことができる。いろんな人たちが、その深いところに潜って取ってくるんですよ。そこがおそらく人類に共通している場所だから、そこに行って、みんなに会えるのは楽しい。「あ、前にここ、誰かが歩いた道だ」と思うのは、すごく楽しいんです。どんなにつらい旅路でも。行くと、「あ、ここは一人じゃない。みんな通ったんだ」って思う。すごく抽象的な話ですけれど。そうすると、やっぱり「やっていこう」と思えるし、「一人じゃないんだ」と思うんです。

河合　そこで見つかるものとは、もう少し具体的に言うとなんですか？

吉本　小説の中心になるもの。生命力のような。それこそ偶然によって降ってきた、小説をまとめる「何か」です。うまくいかなかったときの壁を越える感じとか。そういうことを味わったときに、そこでは仕事の上で尊敬している人とか、みんなに会えるんですよ。時空を超えて。で、そこまで行くのは毎回、苦痛を伴う。自分のいやなところも見るし。手を抜こうとした姿も見ちゃうし。しかも、行き方はいつも同じではなくて、毎回ちょっとずつ違う。「前はこうだったから、今回もこうだろう」なんて思ってもだめなんです。コンスタントに年に一回行っていればいいとか、そういうのでもないし。難しい。タイトルひとつでそれが見つかっちゃうこともあれば、一週間の苦悩で見つかることもあるし、寝て起きたら見つかっていたこともある。なんか、いろいろですね。でも、そこに行く方法は決まっていないから、みんなたいへん……、たいへんというか、自分の人生に身を任せる感じでしょうか……。

河合　そう思います。怖いから、なかなか身を任せられないんですよ。身を任せたつもりでも、ちょっと、どこか摑んでたりね（笑）。

吉本　ちょっと自分で力んでみたり（笑）。

河合　ぼくらの仕事も同じですわ。でも、なかなかそれができなくて。

吉本　どうしても、やっぱり「私が、私が」という感覚が、人間だから出てきちゃうんです。でも、最終的には、誰が書いたかわからないようなものを書きたいですね。「この文体は吉本さんのだ」と思われなくて、すっごくいい話だけれど誰が書いたかわからない、そういうものが書きたい。山のなかの石に刻んであるような話。「タイトルなし、著者名なし」といった感じの。

終わりなき道

河合　「私が、私が」という感覚について言えば、先ほども言ったけれど、いまは「自己実現」という言葉が安易に使われすぎている。みんな、あんまり実現してないんじゃないかなあ（笑）。

吉本　しかも、自分だけ実現してもあんまり意味がない……。

河合　自分というものを広く考えれば、一人じゃないんですよ。「自分探し」は「世界探し」になる。それを、「自分」というカチッとしたものがあって、それを探そうと思うから間違える。ばななさんが言われたとおりですよ。深いところへ行ったら、みんないるんです。一人ということはありえない。浅いところでガチャガチャ好きなことやってるのは、別に「自己実現」なんて言う必要もない。ただ、「好きなこと、やっとりまんなあ」ってなもんで（笑）。

吉本　「好きなこと、やっとりまんなあ」（笑）。

河合　「自己実現」などと言いだしたら、どうしても命がかかわってきますよ。だいたい、すごく危険度が高くなるから。

吉本　みんなきっと、まだヤングなんですよ。二十五歳だったら気持ちとしては十歳引いて十五歳ぐらいですから、「自分探し」とか言いたくなっちゃいますよね。

河合　そう。だから、つけるとしたら、第一次。「第一次自分探し」。第一次ソロモン海戦とかいうのが、昔あったけど（笑）。何度もあるんだ。ぼくはよく言うんだけれど、たとえば、「ロサンゼルスを知っている、行ったことがある」と言う人がいるけれど、それは行っただけの話でしょ。ロサンゼルスの、どこかには恐ろしいことがあるかもしれないし、ちょっと曲がったところに面白い店があるかもしれない。

だから、「ロサンゼルスを知る」ということ自体が不可能なんですよ、本当は。本当は不可能なんだけれど、我々は「知ってます」という言葉で安心してしまうんです。自分探しも、それと同じこと。ほんまに探していったら、途方もないくらい、いっぱいあってね。そやけど、「ああ、知ってます」という程度なら言えるわけでしょ。「私ですか? 私はこういうもんです。大学の先生で、こんなことしてます」。そりゃあ、言いますよね。それは、まあ「ロサンゼルス知ってます」くらいのことで。で、だいたい、はじめは危険なところには行かないから。

吉本 何人もで一緒に行動するとか。

河合 ときどき、はじめから危険なところへ行く人がいるんです。そういう人がノイローゼになったりする。

吉本 順番を踏まずにバーンとぶつかっちゃうんですね。

河合 そうそう。それで、「これがロサンゼルスや」って、何べん言ってもみんなに信用されない(笑)。「どういうこと?」って。「面白かったじゃないか」って言われるわけでしょ。「嘘《うそ》を言うな」、「いや、嘘じゃない。おれは見てきた」。それも嘘じゃないんだけれど。「悟り」というやつも、そういうものじゃないかと思います。

吉本 きっと何回も、あるんでしょうね。

河合　「悟ってしまった」ということは、ないと思うんですよ。

吉本　悟ったら、またその上の悟りがある。

河合　「日本以外に、ロサンゼルスというところがあることを知っていますよ」というくらいが「第一次悟り」じゃないかな。わかりませんよ、ぼく経験したわけじゃないから。でも、まあ、ときどき悟ったようなことを言う人を見てたら、そう思うね。

吉本　やっぱり「悟ったな」と思ったら、それはその人は悟ってないということですよね。

河合　「そこまでは、わかりました」ということやね。それを「悟った」という人に言うと……。

吉本　「いや、悟ってるんです」って言われる。

河合　「体験がないやつには、わからない！」って怒られるかもわからんから。

吉本　「英語話せます」に似ていますね（笑）。「話せる」といったって、どこまで？　って。「アメリカ人と同じだけ」と言ったら、それは悟ったということになるんですよ、一応。でも、アメリカ人が本当に英語をうんと話せるかといったら、違うかもしれないし、そこから先の、もう一段階上の広い世界だってある。

河合　そうそう。それで、もの書いて売れるかといったら、また別だしね。

吉本　きっと、きりがないんですね、人生には。面白いことがいっぱいある。

河合　ほんまに、きりないね。どのくらいまでわかって死ぬのかなと思う。死ぬ寸前っていうのは、相当わかるかもしらんねえ。寸前って、その五秒か十秒くらい前のことね。その五秒くらいでガーッとわかることを、もうちょっとはやく知りたいと、ぼくは思っているんだけど（笑）。最後に集約して死ぬくらいだったら、もうちょっとはやく知っとく方が、おもろいんやないかなあと思ってるんですけどね。だから、やっぱり、二十歳ぐらいで死ぬ人も、すっごい体験をして死ぬんじゃないかと思います。最後の一秒ぐらいでものすごい体験をするのかもしれません。だから「修行をする」ということは、死を目の前にしていないのに、それと同じような状況に自分を置くためのものなのかなあと思いますね。

吉本　そうやって、はじめて見えるものが……。

河合　うん、そう。健康だけれど、そういう位置に自分を置くことができるように。なんとか。だから、あれが面白かったですよ。吉本さんの小説の「何月何日に、死ぬ」という一篇が（「最後の日」『不倫と南米』所収）。

吉本　ええ。

河合　あれがそうですよね。それと似てますね。「死ぬ」と言ってもらったら、おかげさんで見えるものが……。

吉本　変わって見えて、ちょっと得した気分になったという小説ですね（笑）。

河合　見えるものが変わってくるんでしょうね。よくあるのは、ガンで死を告知された人が何気なく景色を見たら、もう、ブワーッと違うように見えるっていうでしょ。ぼくらは、そんなものをいつも見ていたら耐えられないんですよ。

吉本　そんな強烈な悟りの世界を。

河合　まあ、「ちょうどよろしいなあ」という程度に見てるわけ。

吉本　でも、そういう命にかかわるときは切羽詰まっているから、パーッと活性化されて見えちゃうんですね。

河合　ときどき見えることがあって、それを吉本さんは作品に書いておられますよね。だから、それこそ「何月何日に死ぬ」なんて言われると、そりゃやっぱり見えてくる。それでもまあ、人間っていうのはうまいことできているというか、ちょうど生きていける程度に……。

吉本　鈍く……。

河合　ちょうど威張れる程度に、いろんなものを取り入れて、楽しく生きている。芸術っていうのは、「それは、ちょっと違うんですよ」ということを見せてくれるわけで。みなさんが見て喜んでられるのを、ちょっと違いますよと。

吉本　よくも悪くも違う。

河合　ぼくはかつて、〈ばななさんの小説は「喪失」をテーマに書かれているので普遍性があるのだ〉と書いたことがあります。

吉本　「時間が流れる」ということが、たぶん私のテーマなんです。「喪失」や「死」よりもむしろ、ちょっと前のことなのに、もう戻れなかったり、いま花が咲いているのに散っちゃうとか、晴れてて雨になって、また晴れたとか。それがすごく不思議で。それはちっちゃいときからずーっと気になって気になって。生きているのに死んじゃうのか、とか。「流れ」というものに、ものすごく興味があるんです、いまでも。テーマは、ずっとそれだけなんじゃないかと思います。で、結局どんなにものを持っても、それもまた過ぎていく。

河合　ひょっとしたら物語というのは、ものの流れを書こうとしたんじゃないかと思いますね。

吉本　結局そのなかに閉じ込めるしかできないですよね。写真にビシッと撮るのと同じで。「こんなふうに動いていったよ」ということを……。

河合　「ものの流れ」というのをちょっと美的な表現で見たら、「もののあはれ」ということになったのかなと思っているんです。

吉本　特に日本人だから、ちょっとしたことで、微妙な感性でそれを感じることができる。それは日本人の素晴らしいところだから。そういうのが書けるといいなあ。やっぱり南米の、ドバーン、ドカーン、バシャーンみたいな感じのものではなくて、「ああら、こんなに小さいのにきれいだこと」とか、「盆栽なのに、木だわ」とか（笑）。そういう感じを独自に取り入れていって、世界の人に読んでもらえて、「ああ、日本人の心は、こんな感じかあ」ということを、ちょっとだけ伝えたい。

河合　南米で俳句なんて、できるんかな？（笑）

吉本　いや、ないと思いますね。でも詩はいいですよ。「スパン、スパン、スパン」っていうなかに、すごく深みがあって。日本人のなかには絶対にない感じです。くやしいけど絶対あの深みは出せない。俳句の美しさは、もっと茫洋《ぼうよう》としたものだから。シャープな感じじゃないですよね。

河合　土壌や環境が文化をつくるんです。それは、もう絶対に。

吉本　だから、いまのところはやはり移住したいとはあまり思わなくて。もしも日本を離れることになっても、日本の感性を書いていきたい。作家なんて、結局、奇人変人ですから（笑）、あんまり大きな声で、「こうであるべき」というようなことを主張する仕事じゃないんだなあ、とは思います。ただ、日本の自然の微妙さとか、そういうことを文字に書いていくことは、すごく大切なのだと思います。どの国でも、作家って、特殊な考え方を特殊な形で表して、それをみんなに買ってもらって生きているなんて、特殊な職業ですよね。だから、あんまり「日本のよさを訴えていきたい」とは思わないけれど、自然とか、外国にないものがたくさん日本にはあるから、そういうのは作品に書いていって訳されていったらいいなあと思います。それを読んで日本に来たいという人がいたら嬉《うれ》しいですね。

日本で土地を持っている人は、勝手に自然や町並みを壊すことは、もうやめた方がいいと思う。もし、そういう権利がある人がいたら。お金よりも、外国の人が来たときに見せられるようなものを持っていた方がいいっていうことは、私のような世代でも、じゅうぶん思うことですから。だって、ここ（京都市街）から宇治へ行く道でも、ずうっと量販店が並んでいて悲しいですよね。せっかく京都なのに。

河合　日本人は相当金持ちになっているんだから、金で買えない面白さを、もう少し自覚してほしい。そりゃ、本当にお金がないときは、やっぱりほしい。でも、世界と比べて、もうだいぶ金持ちになった。ここらあたりで、みんな、金では買えないものの価値や面白さを自覚するようになったらいいんだけれど。別に、金がいけないとは、ひとっつも言わないけれど。

吉本 はい。大切ですよね。それを、「もっと、もっと」って思うのは、誰でも「イヤだな」と思っていることだから。

ここへ来るときに、東京駅まで乗ったタクシーの運転手さんが、私が「きょう、日帰りで出張なんですよ。何時までに駅に着きたいな」というようなことを言ったら、「俺、会社つぶれて運転手になったんだけどさあ、俺もよく日帰りで出張行ったよ」って。運転手さんは、体がそれをおぼえていると言っていました。往《い》きに弁当食べて、こうして、こうして、こうやってウイスキー飲みながら帰ってきて、疲れるんだよねって。「そのとき、俺も、せっかく北陸まで行ったんだから、有給使って二日ぐらい温泉とか行って、うまいもの食べればよかったと、いま思うよ」って。「あのとき、なんであんなに、休んじゃいけないとか、もっと会社を大きくとか、思ったんだろう。もったいない。どうせこうなるんだったらさ」って。ああ、現代を生きる日本人の心の叫びなんだなあ、と。「俺、いまだったら、絶対そうするね」と言うんです。「あんなに、休んじゃいけないって、なんで思ってたんだろうなあ」って。

河合 それも、まわりがそうなっていたら変えられないですしね。

吉本 それが、とっても悔しかったって。どうせ会社がつぶれるんだったら休んでおけばよかったって。ああ、本音なんだろうなあ……って思いました。でも、いまから、私ぐらいの世代からだったら、少しずつ変えられるかもしれない。

河合 ちょっとずつね、変えていきつつある人もいますよ、昔に比べたら。しかし、なかなか一般的傾向というのは破れない。

吉本 でも最近は、若い人でも図太いタイプの人は、「なにごとだ」って怒鳴られても、また休みますからね（笑）。そういう人に社会をほんのちょっとだけ変えてほしい。「帰る」って言ったら、帰っちゃいますからね。つまはじきにされても。そういうのを見て、ちょっと頼もしい気持ちになったりします。

河合 そうして少しでも変わりつつあることに期待しましょう。

対談を終えて

純粋さに惹《ひ》かれて　河合隼雄

吉本ばななさんとの対談の本を出すことになった。私はわりに「昔人間」のところがあって、対談で書物をつくるような安易なことをするのは申し訳ない、という気持ちがあった。それで、そのような企画もよくお断りしていたのだが、他の方のしている対談の本を読んで、案外面白いし、まとまったアイディアを伝えるというのでなくとも、言葉のはしばしから意外なヒントを得られたりして、「これも悪くないな」と思うようになった。

それで、そのような試みにも乗るようになったが、やはり、いつでも誰とでもとはいかぬもので、お断りすることは、それでも多かった。この対談も最初から書物にするつもりで始めたのではない。ＮＨＫテレビで対談した番組を編集者の方が見て、「その続きをすれば」と熱心に勧められ、それに乗ることになったのである。

私はあまり書物を読まないタイプの人間だが、吉本さんの小説を読むようになったのは、私のところに来談するクライアントの方のなかに、自分の気持ちをよく語っているものとして吉本さんの作品をあげる人が多かったためである。クライアントのあげる書物をすべて読んでいたら身がもたないが、あまりにもよく言及される本や、聞いていて心に残るようなものは読む。ひと昔前は、太宰治の『人間失格』がよく登場したが、この頃はほとんどない。

吉本さんの『ＴＵＧＵＭＩ』（中央公論新社）や『アムリタ』を読んで、いたく感心してしまった。現代の青年たちの抱えている深い悩み、それは当人たちも言語でうまく表現されないのだが、それが吉本さんの作品には、実に的確な言葉で述べられている。これは是非一度お会いしたい、ということで、朝日新聞社の「小説トリッパー」誌の企画で対談した。思ったとおり、吉本さんは素晴らしかった。ひと言で言うと、私は吉本さんの純粋さに惹かれたのだ。まっすぐに深く純粋である。こんな人は実に珍しい。深くなると、どうしても濁ったり、曲がったりするものだが。この素晴らしい純粋さは、ばななさんの父上の隆明さんから受け継がれたものかな、と思う。吉本隆明さんとも対談させていただいたことがあるが、やはり、この感じは似ていると思う。

この印象があったので、ＮＨＫで対談するとき、すぐに吉本ばななさんを相手として希望したのだった。私としては実に楽しく、面白く対談できたのだったが、読者の皆様はどのようにお読みになられただろうか。

芸術や文学などの世界における創造性という点では、自分が才能のないことを子どものときから自覚していた。そんなこともあって、大学を卒業したときに、一生、高校の教師をしようと決心したのも、いまから考えてもあながち間違っていなかったと思う。自分は才能はないが、他人の才能が開花するのを援助する才能はある、と思ったのである。その才能のおかげで現在のような職業についていて、書物まで書くようになったが、芸術や文学などの世界における創造性の欠如は、別に変わりもしない。

吉本さんとお話していても、「やっぱり違うな」と感じてしまう。もちろん、大変な努力によって磨かれるものではあるが、持って生まれた才能というのは、どうしようもない。私などが苦労して苦労して、迂回《うかい》を繰り返して見出《みいだ》した地点に、まっすぐにすっと到達される感じがする。もっとも、私のような人間は、他の人に対して「解説」するのは、自分が苦労しただけに得意とも言える。しかし、注意しないと、「解説」というのは「本当らしい」言葉を連ねるばかりで、知らぬ間に「本当」そのものから遠ざかる、ということになる。「本当らしい」偽物《にせもの》は、吉本さんの純粋さの前ではすぐにバレてしまうので、恐ろしい。

吉本さんの鋭い「感覚」というのも、私にとってうらやましいものである。私は自分の「直観」はなかなか見所のあるものだと思っているが、「感覚」の能力は低い。ただ、面白いことに、日本人は直観力の鋭いのを「感覚」と受けとめたり、そのように表現したりする。吉本さんと私の対談を読むと、二人のタイプの差が出ているように感じられるのだが、一般的には、二人とも「感覚」が鋭くて、などということになるのかもしれない。

現在の日本では、ティーンエイジャーの思いがけない犯罪などに示されているように、思春期の悩みがますます深まりつつあるように思う。そして、それは当人にとってもどう表現していいのか、まったくわからないものなのである。吉本さんがこのあたりのことを素材として作品を書いてくださるのを、大いに期待している。それによって、実に多くの思春期の子どもたちが救われることだろう。

私は一人の人に何回も時間をかけてお会いして、一人の人が救われることに力をつくしている。これに対して、芸術やスポーツは、一挙に多くの人にはたらきかけることのできる利点を持っている。

吉本ばななさんが、また新しい作品に挑戦されることを大いに期待している。それができあがったら、それを種にしてクライアントと話し合ったり、「解説」を書いたりして、私も第二次創造活動を行なおうと思っている。

一生の宝です　吉本ばなな

昔、村上春樹《はるき》先生と河合隼雄《はやお》先生の対談の本を読んで、びっくりしたことがあった。春樹先生が、はじめて年相応の感じを見せているからだった。それは幼いという意味ではなくて、決して河合先生によりかかっているわけではないのに、すっかり心を開いてしまっているということだ。私は一ファンとして、はじめて春樹先生の実像に触れた気がして嬉《うれ》しかった。

そして自分がそういう本をつくることになったとき、人のことは「心開いた姿が見たい」なんて思っているくせに、自分のこととなると「心を開きすぎているとちょっと恥ずかしいから、しっかりしていよう」なんて思ってかなり気取って望んだつもりが、いざゲラを見ると、春樹先生の年相応なんてはるかに超えて、私はまるで子どもなのだ。

それが河合先生の魔力そして実力だろう。

いつまでもかなわないし、いつまでも心を開いてしまうだろう、でもそのことが悔しいとは思わない。それがとても嬉しいと思える。

私はこういう仕事の常で何回か本格的な不眠症や神経症に悩まされてきたけれど、そのたびに「河合先生みたいな人にめぐりあって診てもらえた人は幸運だ」とちょっとうらやましく思ってきた。でも、天はこの形で私を彼に会わせた。それでよかったのだと思う。

河合先生と対談した頃《ころ》は、私の私生活が激動していて、誰にも言えずに苦しんでいた時期だった。私はその悩みのことをこの対談ではひと言も言っていないけれど、なぜか河合先生に会うだけで癒《いや》された。情緒的な癒しでも、合理的な癒しでもなく、ただその存在が生きているだけでこの世を信じようと思った。

そもそものはじめは、NHKのテレビ番組で対談したことだった。それを収録した本をつくりたいと申し出があり、それから東京、京都で対談を重ねた。おかげさまで、幸せな時間をたくさん過ごすことができた。

この本をつくることになったのは、担当の小湊さんのしつこくて熱心で念入りないやらし〜い勧めのおかげだった。そして彼の、賢いのにとってもキュートで人をほっとさせる性格がなければこの本は決して生まれなかっただろう。彼が間にいてくれるだけで、何か大丈夫な感じがして、不安になることはなかった。

たぶん、対談した本人たちの百倍くらいこの本を多く読み直して内容を把握しているであろう小湊さん、本当にありがとうございました。


河合先生はいろいろな人と対談してきているし、立派な本はたくさんある。でも私のようなバカ娘と対談した本はまれだろう。これはこれでもしかしたら価値があるかもしれないと思い、私のバカっぽい言葉遣いや、とんちんかんな内容も、恥ずかしいけれどなるべく削らずに残してある。この本は、珍しいということだけは確かだ。

私は、河合先生に頼ってしまうことだけはないようにしよう、と気負いすぎて、もはや感じの悪い人にすらなっている場面もある。そのくらい、頼らないのは難しかった。まったくの未熟者、力不足だ。

でも、尊敬する人ほど、自由でいてほしい、楽しい気持ちでいてほしい。その気持ちだけは一回も失わなかったと思う。

読んでくださった方々に、どうかそれだけは伝わりますように、と祈るような気持ちです。

表紙の撮影をしたのは、京都の古い町屋を自分でどんどん改装して住んでいる私の「ワイルドな」友だち、外村まゆみさんの家でだった。まゆみさんは何をやらせてもいさぎよく、心が純粋な素晴らしい人なので、私はずっと尊敬していた。

仕事という形で彼女の作品であるその町屋を訪れることができたのは、とても幸せなことだった。

河合先生は火鉢にあたって餅《もち》をひっくりかえしながら、

「ああ、この家の造り、なつかしい、昔の愛人の家にそっくりや」とおっしゃるので、

「愛人がいたんですか？」と訊《き》いてみたら、

「その愛人とは後に結婚しましたけどね」と笑った。

そしていつもお忙しい河合先生は、あわてて出発したうえにすっかり雨があがっていたので傘を忘れてお帰りになってしまった。あとで連絡がつき傘はまゆみさんが送るということになったけれど、傘には小さく「カワイ」と名前が書いてあった。

一人の人の人生がここにあるんだな、とその傘を見て私は強く感じ、胸がしめつけられた。その町屋の居間でお茶を飲んでいるとき、

「こういう造りの家にいると、なつかしいし、くつろいで眠くなってきた」と河合先

生はおっしゃっていた。でも、じゃあそこで三時間くらい寝ていくか、とはいかないスケジュールが切なかった。

天職にあり志がある人の常で多忙を極める毎日だと思うので、そんなふうにちょっとくつろいだ気持ちになれる場所が、地球の上でたくさん、たくさん河合先生を待っていることを、心からお祈りしています。

そして、二人でにこにこしながら餅を焼いて、熱い熱いと言いながら食べた思い出は、私の一生の宝です。

文庫版あとがき

吉本ばなな

文庫になるというので読み返してみたが、幼さが目についてしまって顔が真っ赤になる。おはずかしい限りだ。

でも、バカがバカなりに、気持ちをぶつけていっているところはいいところだと思う。私は一生このバカ街道をまっすぐに歩んでいくしかないのだろう。

でも、それはそんなに悪い道ではない。たまに河合先生みたいなすばらしい人に会えるからだ。河合先生は、このあとすぐに文化庁の長官になられて、次にお会いしたときにはなんとなく政治家っぽいかっこよさを身につけていた。もともとすてきな方だが、前は「医者、教授タイプ」のすてきさだった。今は政治家（マイナスの意味ではなく、ほんらいそうであるべき意味の）っぽくかっこいい。そうか、ほんとうは国のことをする人は、こんなふうに堂々と、すっとしてかっこよくなるものなのだ。人は見た目だなあ、見た目に全《すべ》てが出るのだ……と私はバカっぽくもまた新たな気づきを得た。

河合先生は、なにをしていてもほんとうにかっこいいのだ。

この思い出を抱いて、私もかっこいいおばあさん目指してすてきなバカロードを歩んでいこう。その中でまた河合先生に会えるときは、いつでも宝物を見つける気持ちになるだろう。

河合隼雄

ばななさんの文庫版あとがきを読んで考えこんでしまった。ばななさんは珍らしくウソを言わない人だ。しかし、私が「政治家っぽくかっこいい」とはどういうことなんだろう。まさか冷やかしではあるまい。

私に会うと「文化庁長官言うても、フツーのおじさんですな」などと言う人が多く、「そら、そうでっせ」と私も同感するのだが。ばななさんの文を読んで、鏡を見て――それも三面鏡や合わせ鏡までして――研究したが、どうも納得できない。ばななさんに大変な宿題をもらったように思う。宿題未解決のままでも、またいつかお会いしたいものである。

この作品は平成十四年四月日本放送出版協会より刊行された。

河合隼雄著
働きざかりの心理学
「働くこと＝生きること」働く人であれば誰しもが直面する人生の〝見えざる危機〟を心身両面から分析。繰り返し読みたい心のカルテ。

河合隼雄ほか著
こころの声を聴く
――河合隼雄対話集――
山田太一、安部公房、谷川俊太郎、白洲正子、沢村貞子、遠藤周作、多田富雄、富岡多恵子、村上春樹、毛利子来氏との著書をめぐる対話集。

河合隼雄著
こころの処方箋
「耐える」だけが精神力ではない、「理解ある親」をもつ子はたまらない――など、疲弊した心に、真の勇気を起こし秘策を生みだす55章。

河合隼雄著
猫だましい
心の専門家カワイ先生は実は猫が大好き。古今東西の猫本の中から、オススメにゃんこを選んで、お話しいただきました。

河合隼雄
村上春樹著
村上春樹、河合隼雄に会いにいく
アメリカ体験や家族問題、オウム事件と阪神大震災の衝撃などを深く論じながら、ポジティブな新しい生き方を探る長編対談。

茂木健一郎
河合隼雄著
こころと脳の対話
人間の不思議を、心と脳で考える……魂の専門家である臨床心理学者と脳科学の申し子が、箱庭を囲んで、深く真摯に語り合った――。

河合隼雄
柳田邦男 著

心の深みへ
―「うつ社会」脱出のために―

こころを生涯のテーマに据えた心理学者とノンフィクション作家が、生と死をみつめ議論を深めた珠玉の対談集。今こそ読みたい一冊。

吉本ばなな著

とかげ

私のプロポーズに対して、長い沈黙の後とかげは言った。「秘密があるの」。ゆるやかな癒しの時間が流れる6編のショート・ストーリー。

吉本ばなな著

キッチン
海燕新人文学賞受賞

淋しさと優しさの交錯の中で、世界が不思議な調和にみちている――〈世界の吉本ばなな〉のすべてはここから始まった。定本決定版！

吉本ばなな著

アムリタ（上・下）

会いたい、すべての美しい瞬間に。感謝したい、今ここに存在していることに。清冽でせつない、吉本ばななの記念碑的長編。

吉本ばなな著

うたかた／サンクチュアリ

人を好きになることはほんとうにかなしい――運命的な出会いと恋、その希望と光を瑞々しく静謐に描いた珠玉の中編二作品。

吉本ばなな著

白河夜船

夜の底でしか愛し合えない私とあなた――生きてゆくことの苦しさを「夜」に投影し、愛することのせつなさを描いた〝眠り三部作〟。

新潮文庫最新刊

なるほどの対《たい》話《わ》

新潮文庫　よ－18－51

平成十七年九月一日発行
令和五年六月二十日六刷

著者　河《かわ》合《い》隼《はや》雄《お》
吉《よし》本《もと》ばなな

発行者　佐藤隆信

発行所　株式会社 新潮社

郵便番号　一六二―八七一一
東京都新宿区矢来町七一
電話　編集部(〇三)三二六六―五四四〇
読者係(〇三)三二六六―五一一一
https://www.shinchosha.co.jp

価格はカバーに表示してあります。

乱丁・落丁本は、ご面倒ですが小社読者係宛ご送付ください。送料小社負担にてお取替えいたします。

印刷・錦明印刷株式会社　製本・株式会社植木製本所

ISBN978-4-10-135951-9 C0195